AF199872

Ludwig August Frankl

Zur Biographie Ferdinand Raimunds

Ludwig August Frankl

Zur Biographie Ferdinand Raimunds

ISBN/EAN: 9783743677142

Hergestellt in Europa, USA, Kanada, Australien, Japan

Cover: Foto ©Raphael Reischuk / pixelio.de

Weitere Bücher finden Sie auf **www.hansebooks.com**

Zur Biographie

Ferdinand Raimund's,

Von

Ludwig August Frankl.

Wien. Pest. Leipzig.
A. Hartleben's Verlag.
1884.

Druck von Friedrich Jasper in Wien.

Fruchtbares Erdreich.

Es ist ein wunderbar fruchtbares Erdreich, auf dem dieses zweitausend Jahre alte Wien sich aufgebaut hat. In fast ununterbrochener Reihe wachsen, namentlich in den letzten zwei Jahrhunderten, wie Blumen aus fettem Grunde, aus ihm vorwiegend künstlerische, originell schaffende Talente hervor. Sie gedeihen in der wohligen Luft der segenüberschütteten Ebene, die, vom breithin sich ergießenden Strome durchwogt, vom Kahlengebirge begrenzt, vom Duft des Wienerwaldes umweht ist.

> »Hie seind vil Singer, Saytenspiel,
> Allerley gsellschafft, Frewden vil;
> Mehr Musicos vnd Instrument
> Findt man gwißlich an khainem end —

sang schon vor zweihundert Jahren der Schulmeister im Schottenkloster Wolfgang Schmelzl. Eine spätere Zeit hat ihm nicht widersprochen. Wir wollen die Namen der hunderte Musiker, Schauspieler und Poeten, die in Wien geboren worden, nicht aufzählen und begnügen uns zu constatiren, daß keine Stadt Europas, Paris ausgenommen, in verhältnißmäßig so kurzem Zeitraume so viele schöpferische Talente auf dem Gebiete der Malerei, der Musik und der Poesie hervorgebracht hat. Von Wien gingen ihre Strahlen aus und warfen auf die schöne Stadt den Widerschein ihres Ruhmes.

Der Franzose Renan, die Deutschen Riehl und Braun, Letzterer in seinen »Historischen Landschaften«, und nach ihnen Andere, haben begonnen, bedeutende,

zunächst die mit schöpferischer Phantasie begabten Men=
schen aus der sie umgebenden heimatlichen Natur her=
vorwachsen zu lassen. Sie zeigen, wie Wald und Fluß,
Berg und Schlucht, die Werke der Architektur mit=
wirken, um die jugendliche Seele zu stimmen, ihr unbe=
wußt Eindrücke einzupflanzen, aus denen später, wie
aus vergessenen Quellen, Gedanken und Träume fließen.
Es mag uns als kein Zufall erscheinen, daß so viele
künstlerische Naturen in Wien geboren worden sind. Ist
es der Erdgeruch der Wienerstätte, in den sich der Reben=
blüthenduft der sie umgebenden Weingärten mischt, ist
es der erfrischende Nord, der von dem historischen
Kahlenberge weht, der Blick hinaus auf den weiß=
schimmernden Schneeberg, der Hauch und die Wellen=
melodie des blauen Stromes, die sich in die Seele
einleben? Der Anblick des wunderbaren Domes mit
seinem in die Wolken ragenden Thurme? Ist es das
fröhliche Weinleben der Eltern, oder auch die eigen=
artig befruchtende Mischung des deutschen, italienischen,
magyarischen, jüdischen, slavischen Blutes, das sich in
Wien seelig kreuzt? Vielleicht ist's all' dies zusammen,
was die gesundlebigen, zu leichtem Sinn geneigten
Wiener und Wienerinnen zu beglückten Eltern so phanta=
sievoller, liebenswürdiger Kinder macht. Ein Psycho=
loge wird diesem feinen, wunderbar verflochtenen
Geäder nachzuspüren haben, wenn er die merkwürdige
Erscheinung erklären will. Ein künftiger genialer Buckle
wird das allgemeine Gesetz und die Ursächlichkeit der
eigenartigen Thatsachen zu finden wissen. Er wird aber
noch jene große Zahl poetisch schöpferischer Geister in
seine Berechnung einbeziehen müssen, die nicht in Wien
geboren worden sind, sondern aus weiter Ferne kamen,
theils um als langjährige Gäste zu verweilen, theils
um sich in Wien anzusiedeln und in seiner schöpferischem

Phantasieleben günstigen Luft die schaffensfreudigste
Zeit ihres Daseins zu athmen. Welch' ein rauschender
Wald mit mächtigsten Stämmen, durch den die Musik
unsterblicher Geister klingt! Ich will auf den nachfolgenden Blättern, wie
schon früher Josef Emanuel Hilscher, Nikolaus Lenau,
Franz Grillparzer, Friedrich Hebbel, Therese v. Paradiß,
eine andere, vielleicht biographisch noch interessantere
Gestalt aus der geschilderten Gruppe ins Auge fassen,
die in der doppelten Eigenschaft als Dichter und Schau=
spieler die Zeitgenossen begeistert, gerührt und entzückt
hat: die Gestalt Ferdinand Raimund's. Sein künftiger
Biograph wird zur Ergänzung des Lebens= und Leidens=
bildes des genialen Mannes meine Aufzeichnungen,
Vieles, das ich persönlich erlebt, und Einiges, das
mir von anderen glaubwürdigen Personen mitgetheilt
worden ist, benützen können. Es sei hier zugleich auf
den reichen Quellenschatz im biographischen Lexikon von
C. v. Wurzbach hingewiesen.

Es war am 28. December 1830. Ich ging mit
dem zu früh geschiedenen jungen Lyriker Josef Pope*,
dessen ein an Ferdinand Raimund gerichtetes, ver=
öffentlichtes Gedicht Aufsehen erregt hatte, durch die
Jägerzeile, jetzt Praterstraße genannt. Es war an einem
grauen, feuchtkalten Nachmittage. Ein Leichenwagen
kam uns entgegen, dem nur wenige Gefährte folgten,
auch ein Mann zu Fuß. Er war in einen dunkel=

---

* Josef Pope, zu Nikolsburg in Mähren geboren, erlag
am 10. März 1831 einem Lungenleiden und ist auf dem
Währinger Friedhofe begraben. Als sein Freund und Studien=
genosse schrieb ich einige Verse für seinen Grabstein. Das
Gedicht an Raimund des damals achtzehnjährigen Poeten war
in der »Theater=Zeitung« Adolf Bäuerle's am 20. November 1828
gedruckt. Als Raimund von des Jünglings Tode hörte, kam
er ins Trauerhaus und klagte, »daß ein so hoffnungsreiches,

blauen Carbonarimantel gehüllt. Mein Freund grüßte ihn und wollte ein Gespräch mit ihm anknüpfen. »Mir geht's schlecht!« sagte der Mann mit kläglichem Tone. »Sehen's, da führen sie meine Jugend. Jetzt is' sie todt!« Das Wasser trat ihm in die Augen, und ohne zu grüßen, ging er weiter. »Das ist Ferdinand Raimund,« sagte stehenbleibend und dem Leichenzuge nachsehend mein Begleiter, »und die Leiche, der er die letzte Ehre erweist, ist die der Therese Krones, der ersten Darstellerin der Jugend im »Bauer als Millionär«. Zwei Rappen zogen den Leichenwagen, in welchem, mit einem schwarzgelben Leichentuch, dem ein Tuchkreuz aufge= näht war, bedeckt, der Sarg lag. Ein Kutscher in schwarzem Mantel, an dessen zweigespitztem Hute ein schwarzer Flor hing, führte das Gespann. Kein Kranz schmückte den Sarg, keine Fackeln flammten, keine Musik, kein Gesang er= scholl. So wurde die geniale, die ihrer Zeit beliebteste Schauspielerin Wiens, die poetischere Vorgängerin der Josefine Gallmayer zum Friedhofe geführt. Es war diese damals übliche einfache Fahrt zum Grabe durch= aus keine Herabsetzung für die hingeschiedene Künstlerin. Man kannte damals noch nicht den in unseren Tagen zur Mode gewordenen Leichenpomp.

---

junges Leben so frühzeitig der blühenden Erde entrissen wurde, um es in die todte Erde zu senken«.

Zahlreich sind die Gedichte, die in allen Städten Oester= reichs und Deutschlands, wo Raimund als Schauspieler auftrat, an ihn gerichtet worden sind, die ihn als solchen und als Dichter preisen. Eines der schönsten richtete Med.=Dr. Samuel Lucka an Raimund, als er in Prag auftrat. Der Verfasser, selbst ein begabter Poet, war mit Raimund persönlich befreundet.

Eigenthümliche Begrüßung.

Es war meine erste, stumme Begegnung mit
Ferdinand Raimund. Erst zwei Jahre später kam ich in
nähere Beziehung zu ihm, die bis zu seinem tragischen
Ende währte. Das kam so: Ich hatte in dem belletristi=
schen Blatte »Der Sammler« ein Gedicht: »Ent=
götterung«, drucken lassen. Ich begreife jetzt, wie dieser,
wenn ich so sagen darf, ikareische Schrei, dieser pathetische
Schmerzensruf gerade Ferdinand Raimund, den nach
dem Ideal strebenden, sich stets gefesselt dünkenden
Dichter treffen mußte.

»Den möchte ich kennen lernen!« sagte er zu einem
gemeinschaftlichen, literarisch gebildeten Bekannten, Hof=
zinser, welcher durch seine »Stunden der Täuschung«,
wie er seine Taschenspielerkünste anzukündigen pflegte,
noch in der Erinnerung der Wiener lebt. Er führte
mich mit Raimund in dem Bierhause »Zur goldenen
Rose« in der Wollzeile zusammen. Wir saßen in dem
hinteren Stübchen; das vordere war von Fiakerkutschern,
deren Gefährte vor der Bierstube hielten, besetzt, wie
dies noch heute dort zu sein pflegt. Wir setzten uns
an einen Tisch. Der von mir bewunderte Meister be=
grüßte mich, nachdem er mich einige Minuten forschend
angesehen hatte, ganz eigenthümlich mit den Worten:
»Sie müssen frühzeitig viel Kummer erlebt haben,
wenn Sie schon bei einer Entgötterung« angelangt
sind. Da wäre es besser, Sie schrieben Dramatisches.
Dazu gehört, daß man vom Leben schon enttäuscht ist,
eine gewisse beobachtende Nüchternheit, mit einem Worte
Verstand, der freilich die Begeisterung nicht ausschließen
darf. Es ist ein schweres Handwerk, die Kunst; glück=
licher Weise schwärmt man schon in der Jugend für
sie, später hätte man nicht mehr den Muth dazu,

wenn nicht auch die Gewohnheit dazu käme.« Er war
sehr mittheilsam und theilnahmsvoll eingehend. Als ich
ihm den Plan zu einem dramatischen Märchen aus-
einandersetzte, das ich zu bearbeiten vorhatte, bemerkte
er: »Bemühen Sie sich nur nicht, etwas beweisen zu
wollen. Ein Märchen, überhaupt jedes Drama muß
sich selbst beweisen. Ich habe das früher nicht gewußt,
und darum eben gar so viel in meinen Stücken
moralisirt.« Nach so geistig heiterem Zusammensein
verstummte er fast plötzlich und schien, seinem Gesichts-
ausdrucke nach, von trüben Gedanken ergriffen. Er
starrte in sein Weinglas und citirte aus meinem Gedichte, unbekümmert um uns, halblaut die Verse:

>»Und so sitz' ich da
Prometheus,
Die Woge der Gemeinheit nah —
An der Brust der Sehnsucht Geier
Nach dem ätherischen, himmlischen Feuer!«

Er berührte den Wein nicht mehr, sprang auf
und eilte ohne Gruß fort. »So ist er immer,« sagte
Hofzinser, »wenn ihn seine Melancholie überkommt.
Trösten Sie sich, er wollte Ihnen gewiß nichts Beleidi-
gendes anthun.« Eine mit ihm erlebte Scene, mit der
eben erzählten psychologisch verwandt, ist folgende: Der
Schriftsteller Otto v. Müller hatte Gäste vom Rhein,
die unter Anderem auch die Bekanntschaft mit Raimund
wünschten. Herr v. Müller, der mit ihnen einen Aus-
flug nach der Brühl vorhatte, lud Raimund ein. In
heiterer Stimmung schloß er sich der Gesellschaft an
und trug zur Heiterkeit derselben durch witzige Bemer-
kungen bei. In Mödling besuchte die Gesellschaft die
alte Templerkirche und den Thurm, in welchem einige
Skelette und Schädel lagen. Raimund hob einen derselben auf und hielt, da er eben noch voll heiterer

Laune war, einen sentimentalen Monolog über Ver-
gänglichkeit, dann legte er den Schädel hin und war
plötzlich verschwunden. Die Gesellschaft vermißte ihn
den ganzen Tag. Am folgenden Tag erfuhr man, daß
Raimund, plötzlich melancholisch geworden, nach Wien
zurückgekehrt sei, unbekümmert um die der Gesellschaft
hiedurch zugefügte Kränkung.

Literarische Prognose.

Erfolgreicher, als bei mir, war der Rath, den
Raimund einem jungen, aus Siebenbürgen stammen-
den Aristokraten ertheilte. Dieser hatte zur Congreß-
zeit, erst 20 Jahre alt, als Officier lustig in Wien
gelebt und die Theater häufig besucht. Er schrieb ein
hochtrabendes Drama und ging damit, auffallend genug,
zu dem damals zwar schon beliebten, aber auf dem Gebiete
der Kritik völlig unerfahrenen Raimund mit der Bitte,
es zu lesen und sein Urtheil zu sagen. Es ist bezeichnend
für Raimund, dem doch keine allgemeine Bildung und
auch keine literarische Erfahrung eigen war, daß er
dem jungen Manne sagte: »Sie haben kein Talent
zum Drama, aber Talent zum Romanschriftsteller. Ihre
Erfindungsgabe ist groß.« Es war ein prophetisches
Urtheil. Zwanzig Jahre später beschenkte der junge
Mann seine Nation mit dem sensationellen Romane
»Abafi«, dem eine glänzende Reihe gleich trefflicher
folgte, und die Magyaren nennen seitdem mit Stolz
den Namen — Nikolaus Josika.

Im silbernen Kaffeehause.

Seit meiner ersten Begegnung mit ihm sah und
sprach ich Raimund oft, zu Zeiten, wenn er eben
in Wien war, fast täglich im sogenannten »silbernen

Kaffeehause« in der Plankengasse. Ich habe dasselbe
in meinem Beitrage zur Biographie Lenau's mit allen
seinen Gestalten geschildert. Unter ihnen war Raimund
einer der willkommensten Gäste. Ein trefflicher Billard=
spieler, pflegte er seinen ebenbürtigen Billardvirtuosen
Dräxler=Manfred, Christian Wilhelm Huber, Lenau,
Ludwig Löwe, Johann Ney. Vogel, Friedrich Wit=
thauer ein erstes und letztes Double vorzugeben und
häufig doch zu siegen. In diesem Kaffeehause wurden
die Getränke in silbernen Geschirren credenzt, die Kleider=
haken waren von demselben edlen Metalle, daher der
Name: das »silberne«. Einmal wollten die Gäste, weil
statt reinen Moccas mit Cichorie versetzter Kaffee längere
Zeit gereicht wurde, auswandern; das hieß wenigstens
täglich vierzig Gäste dem Kaffeesieder entziehen, Rai=
mund rettete dem Kaffeesieder dieselben durch eine
humoristische Bemerkung: »Wir können von hier nicht
ausziehen. Nirgends wird es dem Pegasus so gut er=
gehen, aus silbernen Gefäßen gefüttert zu werden, und
selten einem Dichter, an einen Haken seinen Hut hängen
zu können, dessen Silberwerth zehn Castorhüte, ge=
schweige den eines armen deutschen Poeten überwiegt.«
Wir lachten und blieben.

Ich will hier einer sehr komischen Situation des
Kaffeehaus=Besitzers, Neuner hieß er, Erwähnung thun,
weil sie Anlaß gab, eine Schelmerei Raimund's zu
inscenieren. Als Bürger von Wien bekleidete Jener in
dem im Vormärz bestandenen Bürgermilitär die Charge
eines Oberlieutenants und hatte als solcher das Recht,
auf den vom kaiserlichen Hofe während der Faschings=
zeit gegebenen Bällen zu erscheinen. Die Officiere dieses
Bürgercorps hatten es in ihrer Uebung, das Buffet
tapfer zu belagern und zu plündern. Sie pflegten ihre
Czakos und die Taschen ihrer Fracks mit Bonbons

für ihre herzallerliebste Frau und ihre braven Kinder zu füllen und mit diesen Siegeszeichen in der Familie glorios zu thun. Auf solchen Bällen pflegten Prinzessinnen des kaiserlichen Hauses in huldvoller Anmuth einen oder den andern der jüngeren Officiere zum Tanze aufzufordern. Die Tochter des Aspernsiegers, des Erzherzogs Karl, die nachmalige Königin Therese von Neapel, ließ Herrn Neuner zum Tanze einladen. Um mehr Platz zu gewähren und das selten schöne Schauspiel zu betrachten, hielten alle Tänzer inne. Johann Strauß geigte einen seiner Schwingen verleihenden Walzer. Der junge, in männlicher Schönheit prangende Officier schwang, mit stolzestem Bewußtsein, die schlanke, anmuthige Prinzessin, so daß die Flügel seines Fracks nur flogen. Aber wehe! Aus ihnen streuten sich weit hinaus zahlreiche Bonbons in ihren bunten, silbernen und goldenen Hülsen. Selbstverständlich wagte es Niemand, so komisch das war, zu lachen. Man lächelte nur und erfuhr, daß die Prinzessin später im Familienkreise noch oft mit dem »süßen Tänzer« genecht worden ist.

Raimund kaufte einen Czako aus Pappendeckel, füllte ihn vollauf mit sogenannten, in ihren Folgen bedenklichen »Zelteln«, die in Silberpapier gewickelt waren, und sendete denselben Herrn Neuner anonym zu, wovon er uns getreulich Mittheilung machte. Herr Neuner erschien längere Zeit nicht in seinen Kaffeesalons, die er sonst gewöhnlich, um die Gäste zu begrüßen, hastig durchlief, namentlich den Billardtisch mehrmal umkreisend, was die Spielenden zu stören pflegte. Raimund rieth humoristisch, ihm Fußangeln zu legen: »Dann tanzt er gewiß niemals mehr mit einer Prinzessin.«

Raimund und Grillparzer.

Es war im Hofburgtheater, bei einer Vorstellung von Grillparzer's »Traum ein Leben«. Raimund saß zufällig neben mir. Auf meine Bemerkung: »Sie kommen oft in dieses Theater?« erwiderte er: »Ich kann vom Edlen nicht lassen. Hier kann ich mich von meiner Possenreißerei erholen!« Er folgte dem phantasievollen Drama mit gespannter Aufmerksamkeit, und nach der Vorstellung äußerte er ganz wehmüthig: »Sehen's, das hab' ich selbst immer wollen, und eigentlich hat mein »Bauer als Millionär« ganz denselben Gedanken. Hier träumt der Held, bei mir ist Zauberei im Spiel. Hier wird er reich und mächtig, bei mir auch. Nur muß er Galläpfel aufbeißen, in deren jedem ein Ducaten steckt, was volksthümlich ausdrücken will, daß es bitter ist, reich und mächtig zu werden. Hier reißt sich der Held von seiner Geliebten los, bei mir die Jugend vom Helden. Nur die schöne, schwungvolle Sprach' hab' ich nicht. Die möchten's auch in meiner Vorstadt nicht verstehen. Es is ewig schad' um mich!«

Auffallend war die äußere Aehnlichkeit Raimund's mit Grillparzer. Beide waren gleich groß, Beide hielten den Kopf zur Seite geneigt. Beider Augen waren groß und von geistig durchseeltem Blau. Der Ton, die Rede war häufig wehmüthig klagend, zuweilen kläglich, der Accent ein entschieden österreichischer. Nur war Raimund blond, Grillparzer dunkelbraun, welche Farbe das Haar des Dichters — ein physiologisch merkwürdiger Fall — erst im dreißigsten Lebensjahre erhielt. Ein lebensgroßes, sehr ähnliches Porträt Raimund's, sechs Wochen vor dessen Tode von Friedrich Schilcher gemalt, hängt als ein kostbares Eigenthum über dem

Tische, auf dem ich diese Zeilen niederschreibe. Eine Abbildung desselben ziert, hier zum ersten Male veröffentlicht, diese Blätter.

Grillparzer achtete das Talent Raimund's hoch und versäumte es nie, dessen Dramen zu sehen. »Mir ist immer,« äußerte er, »als ob ich ein aromatisches Bad nähme, in welches die seltsamsten duftenden Pflanzen hineingethan sind. Daß dem Dichter die wissenschaftliche Bildung mangelt, hat ihn originell erhalten. Es ist unglaublich, wie naiv er in seinen Allegorien ist.« Einmal erzählte uns Grillparzer eine seiner Begegnungen mit Raimund. Er besuchte ihn auf dessen Besitzung bei Gutenstein und fand ihn nicht zu Hause. Man bedeutete ihm, daß Raimund in der Nähe, im Walde sei. Er ging dahin und traf ihn auch bald. Der Volksdichter trug eine blaue, schlottrige Blouse, die da und dort von Harz triefte. Hinter jedem Ohr stak ihm eine Feder, eine dritte hielt er auch nebst einem Tintenfasse und Papier in der Hand. »Aber Raimund!« rief ihm der Gast entgegen, »wie sehen denn Sie aus?« Fast ärgerlich erwiderte Raimund: »No, wie kann ich anders aussehen, wenn ich auf die Bamer (auf den Bäumen) sitz' und dicht'?!« Gleich komisch ist die nachfolgende Begegnung Raimund's mit Grillparzer in van Aken's Menagerie in Wien, die uns Karl von Holtei erzählt hat. Beide sahen mit besonderem Interesse dem Spielen der Affen zu. Die gymnastischen Uebungen eines besonders lebhaften derselben, der sich mit seinen vier Pfoten an der oberen Holzwand des Käfigs anklammerte und mit überhängendem Kopfe, grinsend die Zähne fletschte, erregte das Lachen Grillparzer's. Raimund sagte zu ihm: »Sie, Grillparzer, wissen's, das ist schwer.« Der Tragiker erwiderte: »Schafft's Ihnen wer an?« (Verlangt das

Jemand von Ihnen?) Als Raimund bald darauf Holtei begegnete und ihm die Scene schilderte und den kurzen Dialog erzählte, bemerkte er: »Recht hat Grillparzer gehabt; aber ich bin völlig verdutzt gewesen, wir haben auch gar nichts weiter mit einander discurirt.«

Der Schauspieler.

Ich habe Raimund als Schauspieler nie in dem Stücke eines Andern, nur in den von ihm selbst gedichteten gesehen. Am lebendigsten steht er vor mir als Florian im »Diamant des Geisterkönigs«, als Wurzel im »Bauer als Millionär«, als Rappelkopf in »Alpenkönig und Menschenfeind«, endlich als Valentin im »Verschwender«.

Er wirkte niemals unmittelbar komisch. Sein kläg-licher Ton, der durch ein scharfes, ratschendes »R« noch etwas litt, wußte den Zuschauer nicht in jene lustige Stimmung, in jenes Lachen zu versetzen, welches so heftig wirkt, daß die Augen zu thränen beginnen. »Pudelnärrisch«, wie die Wiener sagen, war er nie. Seine Bewegungen und Geberden waren heftig, er warf die Hände unschön umher, sprach oder polterte die Sätze abgebrochen hervor, und wenn er das Lustigste zu sagen hatte, war es, als ob er moralische Zahn-schmerzen hätte. Dieser Contrast brachte dann zumeist eine unwiderstehlich komische Wirkung hervor, die seinem Wesen eigentlich nicht eigen war. Er war ein Humorist der besten und wirksamsten Art, kein Komiker; aber ihm stand die edlere, die poetische Wirkung des Humors zu Gebote. Wie der Berggeist Rübezahl ein schwarzes und ein blaues Auge hat, und das Wetter jedesmal schwarz und regnerisch, oder blau und sonnig gestaltet,

je nachdem er das eine oder das andere Auge aufschlägt,
so bestimmte Raimund das Gemüthswetter seiner Zu=
schauer dadurch, wie sein Auge, wie sein Mund lachte
oder weinte. Wo das Gemüth allein zum Durch=
bruche kam, war er unwiderstehlich. Die ganze Ge=
stalt, die Geberde, der Blick, der elegische Ton schmolzen
zu einer Wirkung zusammen, die den blasirtesten
Menschen zu Thränen bewegte. Ich erinnere nur an
die Scene, in welcher der Tischlermeister Valentin
seinem früheren Herrn, dem nun verarmten Ver=
schwender begegnet, ohne ihn gleich zu erkennen, und
mit der Bemerkung: »Ein armer Mann!« in die
Tasche greift, um ihm ein Almosen zu geben. Nun
aber erkennt er ihn und weiß, zu Tode erschrocken, kein
anderes Wort als »Gnädiger Herr!« hervorzustammeln.
Er unterdrückt das Weinen, um nicht durch Mitleid
zu kränken, er versucht Freude über das unverhoffte
Wiedersehen auszudrücken, dabei ist er bemüht, das
Almosen heimlich in der Westentasche zu verstecken. »Gnä=
diger Herr!« ruft er, und in diese unscheinbaren Worte
legte Raimund den vollen, bewältigenden Zauber seiner
Darstellungsgabe. Es war ein Triumph der Schauspiel=
kunst, kein Auge im Zuschauerraum blieb trocken, und
jedes Herz war von freudiger Wehmuth erschüttert.
Ich sprach mit Raimund von dieser Wirkung. Er
äußerte: »Mir ist's mit den zwei Worten seltsam er=
gangen. Als ich sie niederschrieb, kamen sie mir gleich=
giltig vor. Ich wußte, daß ich in dieser Situation, der
bitter=schmerzlichen Wiedererkennungsscene, nicht viele
Worte machen dürfe. Als ich sie aber für die Dar=
stellung einstudirte und, mir die Scene vorspielend,
die Worte aussprach, ergriff mich plötzlich dabei ein
heftiges Weinen. Da wurde ich aufmerksam, daß in
der Scene und in den Worten eine starke Kraft liegen

müsse, die mich selbst, so oft ich auch diese Rolle spiele,
immer wieder ergreift. Ich möchte wissen, ob es dem
Zuschauer, wenn er das Stück wiederholt sieht, so
geht wie mir. Möchten Sie nicht den »Verschwender«
noch einmal ansehen? Mir zu Liebe!« Am folgenden
Morgen brachte mir Raimund einen Sperrsitz in der
ersten Reihe des Josefstädter Theaters: »Ich will Sie
bei der Scene in's Auge fassen,« sagte er. Washington
Irving's »Alhambra« lag auf meinem Tische. Ich
machte ihn auf das Buch aufmerksam, vorzüglich auf
die in demselben enthaltenen phantasievollen Märchen.
Er nahm das Buch mit lebhaftem Interesse auf.
»Vielleicht find't sich was drin für mich!«

Wie der stets ringende, selbstquälerische Mann
über sich selbst als Schauspieler dachte, darüber liegt
ein frappantes Brieffragment, das er an seinen einstigen
Schulkameraden und späteren Collegen, den Schauspieler
Landner schrieb, vor:

»Es ist seltsam! Je höher die Wogen des Bei=
falles mich umrauschen, je stürmischer mich die Gunst
des Publicums erhebt, desto unzufriedener werde ich
mit mir selber. Ich fühle in meiner tiefsten Brust,
was ich mir kaum selber zu gestehen wage, wie un=
zulänglich mein Genre ist, wie es in demselben ganz
und gar unmöglich ist, Großes zu leisten. Es ist recht
traurig! Ein ganzes volles Menschenalter habe ich
vergebens gestrebt und gerungen: mit der letzten
Scholle, die man einst meinem Sarge nachwerfen wird,
ist auch mein Name der Vergessenheit anheim gefallen.
Ihr Glücklichen, denen Mutter Natur ein Organ in
die Brust gelegt, volltönend und kräftig genug, um
Shakespeare's, Schiller's und Goethe's herrliche Worte
auf der Bühne erklingen zu lassen, jedes warme
Zuschauerherz erhebend und begeisternd! Warum mir

gerade dieses schnarrende, mißlautige Instrument, zu meiner glühenden Seele passend, wie die Straßenorgel zum Kirchengesang! Warum mir gerade dieses tonlose Organ, eben gut genug, den Possenreißer zu spielen, um der johlenden Menge ein paar müßige Stunden zu verkürzen; ohne tieferen Eindruck, ohne bleibende Nachempfindung! Und an diese fluchbeladene Existenz gefesselt zu sein, wie der Galeerensclave an die Kette!«

Ich will, da schon vom Schauspieler die Rede ist, hier Einiges aus Raimund's Bühnenleben erzählen und dann zum Dichter und zur Schilderung seiner Persönlichkeit zurückkehren.

Die Lust zum Theaterwesen erwachte in Raimund frühzeitig. Neben dem Widerstande seiner Familie hatte er auch einen Sprachfehler zu bekämpfen. Er stieß mit der Zunge etwas an. Nur durch jahrelange Uebung gelang es dem künftigen Bühnen-Demosthenes, diesen Fehler zu besiegen.

Raimund spielte ursprünglich nur tragische Rollen mit Vorliebe, wobei er den damals berühmten Hof=burg=Schauspieler Ochsenheimer zum Muster nahm. Da ging er denn in der Nachahmung freilich weit. Ochsen=heimer hatte einen sonderbar gestalteten Mund. Mit fana=tischer Beharrlichkeit stand Raimund täglich stundenlang vor dem Spiegel, um seinem regelmäßig gebildeten Munde die enorme Ausdehnung und die eigenthümliche Form der Mundwinkel, wie dies seinem Ideale eigen war, anzuformen. Die beiden Mittelfinger im Munde, zerrte und dehnte er auf wahrhaft grausame Weise an seinen Mundwinkeln, um sie nach abwärts zu biegen. Mit dieser seltsamen Arbeit war er wieder eines Tages beschäftigt, als sein seit Monaten hinsiechender, dem Tode naher Vater ins Zimmer trat. Er hatte durch eine halb offene Thür das verrückte Thun seines Sohnes bemerkt, und sich mit letzter Kraft emporraffend, sprach er gegen den Sohn fluchende Worte aus und starb. Raimund hat die grauenhafte Scene nie vergessen, sie warf einen dunklen Schatten in sein Leben. Wie diese Scene auf den Sohn wirkte, beweist ein von dem genannten Freunde ebenfalls erhaltener Brief, den Raimund lange Jahre nachher an ihn schrieb:

»Heute zum ersten Male, während einer zwanzig= jährigen Künstlerlaufbahn, drängt sich mir der Gedanke durch den Kopf, ob ich nicht besser gethan hätte, nach dem Willen meines alten braven Vaters ein friedlicher Handwerker zu werden. Ich sehe ihn vor mir, den gutmüthigen Greis mit den Silberlocken, wie er mit rastlosem Fleiße schafft und sich müht um die Existenz seiner Familie. An einem Sonntage, das einfache Mahl war verzehrt, das Tischgebet gesprochen, fragte er mich mit herzlichen Worten: welchen Stand ich mir zu wählen gedenke? Und als ich hierauf mit scheuer Stimme antwortete, ich wolle Schauspieler werden: da wurde der alte Mann bleich wie der Tod, die gutmüthigen Augen umzogen sich mit einem hervorquellenden Thränenflor; nach langer Pause entrangen sich den bebenden Lippen meines armen Vaters die beinahe unhörbaren Worte: »Ferdinand, das kann dein Ernst nicht sein. Du wirst deine unglücklichen Eltern nicht vor der Zeit ins Grab bringen wollen!« Da trat auch die Mutter an mich heran und beschwor mich mit heißen Thränen, von meinem Vorsatze abzustehen, und meine liebliche Schwester Gertrude ergriff meine Hand und vereinigte ihre Bitte mit denen meiner theuren Erzeuger. Erschüttert gab ich den Meinen das Wort, nie mehr an die vorübergehende Idee zu denken, Schauspieler zu werden. Dankbar drückte mich der Alte ans treue Herz, Jubel scholl durch die Räume

unserer sonst stillen Wohnung, ein Fest wurde impro=
visirt, es war, als sei ich meiner Familie zum zweiten
Male geboren worden. Nochmals mußte ich meinem
Vater das feierliche Wort geben, dem unseligen Vor=
satze, »Komödiant« zu werden, zu entsagen. Ich habe
mein Wort nicht gehalten. Zürnst du mir deshalb noch,
verklärter Dulder dort oben? Sieh, du bist gerächt!
Vollwichtig gerächt! Trotz Allem, was man im gewöhn=
lichen Leben Glück nennt, habe ich während der langen,
langen Zeit, daß ich der Bühne angehöre, mich nicht
eines wahrhaft glücklichen Augenblicks zu erfreuen gehabt.
»Du sollst Vater und Mutter ehren.« Ich habe
die letzten Wünsche der Meinen außer Acht gelassen,
dafür stehe ich jetzt allein und freundlos in der Welt.
Niemand, der mir angehört, alle meine Lieben ruhen
im Schoße der Erde. In den bereits erbleichenden
Locken wühlt kein liebes Kind, kein theurer Sprößling
schaukelt auf meinem Knie, welches die Hand stützt,
in der das sorgenschwere Haupt ruht.
»Du sollst Vater und Mutter ehren.«
Und doch — war es denn meine Schuld? Konnte
ich dem Drange widerstehen, welcher mich unaufhalt=
sam den verhängnißvollen Brettern entgegenriß? Konnte
ich ankämpfen gegen die glühende Neigung zur Kunst,
welche mir von meinem unausweichbaren Geschicke
gleichsam als Pathengeschenk in die Wiege gelegt zu
sein schien? Von dem Tage an, als sich mit dem An=
schauen des ersten Bühnenwerkes eine nie geahnte
Wunderwelt vor meinen erstaunten Blicken erschloß,
konnte ich die fieberhafte Pein, die heiße Sehnsucht
nach der Priesterschaft in dem für mich heiligen Tempel
der Kunst nicht eine Minute los werden.
Kaum hatten wir den braven Vater hinausge=
tragen auf den beschneiten Kirchhof, so waren die

feierlichen Gelöbnisse vergessen, die ich in die jetzt er=
kalteten Hände gelegt. Treulos den Ladentisch ver=
lassend, der mir zur Galeere geworden war, begann
ich bei wandernden Truppen ein mühsames, aben=
teuerliches Nomadenleben. Damals war ich glücklich!
Die rasche Jugend half mir mit leichtem Sinn über
Nahrungssorgen hinweg, dafür konnte ich die Kunst=
kenner in Steinamanger und Oedenburg entzücken und
beschwichtigte den knurrenden Magen, indem ich ihm
eine neue Rolle vorlas und ihn mit meinen groß=
artigen Hoffnungen und Plänen für die Zukunft
tröstete, alle diese Hoffnungen sind mehr als wahr
geworden. Alle meine Pläne habe ich realisirt, und
dennoch — bin ich jetzt zufriedener als damals?
»Du sollst Vater und Mutter ehren!«

Lehr- und Wanderjahre.

Ein Zufall führte mich später mit der Tochter
des Theaterdirectors in Raab, wo Raimund ebenfalls
engagirt war, zusammen. Diese Dame erzählte mir:
»Wir saßen eines Tages beim Frühstück, da stürzte
die Wirthin Raimund's zu uns ins Zimmer mit dem
Rufe: »Der Raimund ist wahnsinnig worden!« Wir
fuhren erschrocken empor und fragten um das Nähere.
Sie erzählte, er habe heute die ganze Nacht durch,
bald gebellt und gelacht, dann wieder gekräht und
geweint. Mein Vater eilte zu Raimund, der ihm un=
befangen und völlig ruhig entgegentrat. Mein Vater
brach in Lachen aus, als ihm Raimund erzählte, er
habe seine nächste Rolle einstudirt, die ihm vorschreibe,
sich durch Nachahmung verschiedener Thierstimmen
wahnsinnig zu stellen. Einmal sollte er den Geßler

spielen, und da Schiller vorschreibt, daß dieser zu
Pferde zu erscheinen habe, war Raimund von diesem
Gedanken nicht abzubringen. Er wollte trotz aller Vor-
stellungen, daß unsere Bühne zu klein und zu schwan-
kend für das Gewicht eines Pferdes sei, auf einem
solchen hereinreiten. Als endlich mein Vater erklärte,
daß er die Miethskosten für ein Pferd nicht zahlen
wolle, miethete Raimund, der nur eine sehr spärliche
Gage bezog, eine wahre Schindmähre und führte sie
auf die Bühne zur Probe. Mehr als zwanzigmal
versuchte er als Pfeilgetroffener den Sturz vom Pferde.
Wir lachten Alle. Er aber rief ganz ernsthaft: »Man
muß sich für die Kunst opfern, oder man bleibt ewig
ein Pfuscher.«

Bei diesen komisch-idealen Kunststudien hatte Raimund mit der bittersten Noth zu kämpfen, und so er-
klärt sich auch, daß er den Werth eines, wenn auch
nur mäßigen Besitzes früh erkannte und in späteren
Jahren durch strenge Mäßigkeit und Sparsamkeit
wohlhabend wurde und für bedrängte Standesgenossen
stets Herz und Hand offen haben konnte.

Meine Berichterstatterin Frau Reisinger erzählte
weiter: »In einem Stücke hatte ein Schauspieler einen
Bettler darzustellen und ersuchte Raimund allen Ernstes
ihm seinen Frack zu borgen. Es war dies das einzige
fadenscheinige Kleidungsstück, das er nebst einem Mantel
besaß. Raimund lieh den Frack völlig unbefangen, weil
er ihm für einen Bettler passend genug erschien. Auf
dem Requisitenzettel wurde verzeichnet: »Ein Bettelrock
— Herrn Raimund's Frack.« Einmal spielte Raimund
den Prinzen Schnudi in Perinet's Posse. Während
er einen Monolog sprach, riß die Schnur, die sein
orientalisches Beinkleid festzuhalten hatte, es sank. Das
Publicum brach in schallendes Gelächter aus; todten-

blaß und zitternd wankte Prinz Schnudi von der Bühne.
Er war so außer sich, daß er hinter der Bühne ver=
sicherte, sich aus Scham das Leben nehmen zu müssen.
Es bedurfte des liebreichsten Trostes und des heftigsten
Drängens, ihn zum Weiterspielen zu bewegen.«

Ein Liebesabenteuer.

In Raab war es auch, wo ihn eines der bittersten
Ereignisse seines Lebens, an denen es in demselben nicht
fehlte, traf. Zum ersten Male überkam den feurigen,
phantastisch angelegten Mann die Liebe. Ein Bürger=
mädchen entzündete sein Herz, und weil die Eltern
sich weigerten, sie dem blutarmen Schauspieler zu geben,
beschlossen die Liebenden, zu fliehen. Ein Freund
Raimund's versprach, ihm seine Geliebte in einem nächst=
gelegenen Orte zuzuführen. Raimund sollte in der
folgenden Nacht sich dort ebenfalls einfinden. Mittler=
weile aber hatte der Freund dem Mädchen eindringlich
vorgestellt, welches elende Loos sie erwarte und wie
sie mit ihm selbst sich zu weit besserem Glücke ver=
binden könnte. Freund und Geliebte übten so Verrath
und gemeinschaftlich fliehend kehrten sie nach einigen
Wochen als Eheleute nach Raab zurück. Am selben
Tage spielte Raimund in Perinet's »Neuem Sonntags=
kinde«, aus welchem noch heutzutage das von Wenzel
Müller componirte Lied:
> »Wer niemals einen Rausch gehabt,
> Der ist kein braver Mann,«
populär ist. Raimund hatte unter Anderem zu singen:
> »Wer's Glück hat, führt die Braut nach Haus,
> Der führt die Braut nach Haus.«
Ein höhnender Beifallssturm brach los. Zwischen jener
Flucht und diesem spielte sich eine kleine, aber charak=

teriſtiſche Epiſode ab. Unmittelbar nach der Nachricht
von der Flucht ſprach er, wie mir Frau R. ebenfalls
mittheilte, ihren Vater ohne weitere Einleitung an:
»Herr Director! ich komme um Ihr Fräulein Tochter
zu werben.« Mein Vater, der um das unglückliche
Liebesabenteuer, wie jeder Menſch in Raab wußte,
fragte ganz verdutzt: »Ja, lieben Sie denn meine
Tochter?« und erhielt die offenherzige Antwort: »Lieben?
Nein! Es wird aber ſchon gehen. Ich möchte nur an
dem Tage, an dem ſich die Treuloſen vermählen, auch
heiraten, damit ſie ſehen, daß mir nichts an ihrer
Treuloſigkeit gelegen iſt, gar nichts!« Dabei liefen ihm
die Thränen über die Wangen. Mein Vater ſuchte
den furchtbar aufgeregten jungen Mann zu beruhigen.
Er warf ſich noch lebhafter als früher auf die Kunſt.
Wir konnten aber bemerken, daß ihn eine ununter=
brochene Traurigkeit beherrſchte. Er verließ auch bald
die Stadt.«

Raimund und Spindler.

Ich will hier die Mittheilung über eine in viel
ſpäterer Zeit ſtattgehabte originelle Begegnung zwiſchen
Raimund und dem Romanſchriftſteller Karl Spindler,
die mir der Letztere ſchilderte, anſchließen, weil ſie an und
für ſich erheiternd wirkt und zugleich von Raimund's
hypochondriſcher Stimmung draſtiſches Zeugniß gibt:
Raimund kam nach München. Die Proben ſeiner
Dramen begannen, er leitete dieſelben mit ſeiner be=
kannten Unermüdlichkeit, bis Alles klappte. »Der
Bauer als Millionär« war an allen Straßenecken
angekündigt; die Generalprobe ging vortrefflich. Schon
in früher Nachmittagsſtunde umlagerte ein neugieriges

Publicum das Theater. Da, eine Stunde vor der Vorstellung, ließ sich, zu größter Verlegenheit der Direction, Raimund krank melden. Der Intendant schickte den Schauspieler Urban zu ihm, um Raimund zum Spielen zu bewegen. Auf dem Wege begegnete ihm Spindler, er bat ihn mitzukommen und alle Beredsamkeit anzuwenden. Spindler, der Raimund persönlich nicht kannte, entschloß sich als freiwilliger Parlamentär mitzugehen. Raimund lag im Bette, bis an den Hals zugedeckt, eine Schlafmütze auf dem Kopfe. Zwischen dieser und der Bettdecke schaute ein weinerlich klägliches Gesicht mit langer Nase hervor. »Ich stelle Ihnen,« begann Urban, »Herrn Spindler vor, der es recht sehr bedauert, Sie heute nicht spielen zu sehen, und mit mir kommt, um sich um Ihr Befinden zu erkundigen.« Raimund erwiderte mit plötzlich heiteren Gesichtszügen: »Sie sind der Herr Spindler, der berühmte Romanschreiber? Mich freut es sehr, Sie kennen zu lernen.«

»»Ich bedauere aber sehr, Sie nicht spielen zu sehen. Ich freute mich den ganzen Tag darauf. Es hätte mich sehr interessirt.««

»Wirklich, würde Sie das interessiren?«

»»Mich und das ganze Publicum.««

»Ich bin aber krank, Sie sehen ja!«

»»Nun, Ihr Auge ist klar, Ihr Aussehen nicht fieberhaft.««

»Aber ich bin doch krank, wenigstens werde ich es sein, wenn ich die Bühne betrete. Es quält mich, ich kann die traurigen Gedanken nicht los werden. Ich werde krank sein!«

»»Nun, Sie sind es aber nicht. Beherrschen Sie Ihre Stimmung.««

»Ja das ist mein Unglück. Und Sie hätten mich gerne spielen gesehen?· Aber jetzt ist es jedenfalls zu spät.«

Urban benützte diese Zweifel Raimund's und er= klärte rasch, daß es zwar gleich sieben Uhr sein werde, aber während der Ouverture, allenfalls während einer kleinen Pause, sei das Ankleiden möglich.

»Gut, so will ich spielen, dem Herrn Spindler zu Liebe, weil er mich so gerne spielen sehen möchte, und das freut mich herzlich. Aber eine Bedingung, sonst spiele ich nicht.«

»»Wir gehen jede ein.««

»Sie müssen versprechen, nach dem Theater in einen Gasthof zu kommen, wo wir ungenirt mit einander plaudern können.«

Raimund spielte eine Viertelstunde später mit unwiderstehlicher Laune den »Fortunatus Wurzel«. Das Publicum jubelte Beifall. Die Mitternacht sah noch Raimund und Spindler in herzlich mittheilsamem Gespräche. —

Wenn ihn nicht sein böser Dämon beherrschte, war Raimund voll freundlicher Zugänglichkeit, kindlich und gut. Als ihm einmal die noch im Kindesalter stehenden Enkel der Karoline Pichler sagten, sie möchten gerne das Märchen von »Der Bauer als Millionär« sehen, erwiderte er ihnen: »Es steht jetzt nicht auf dem Repertoire, aber ich werde es eigens für Euch auf Euer allerhöchstes Verlangen ansetzen lassen. Nach wenigen Tagen schickte er den Kindern eine Loge und lud sie mit den Worten ein: »Liebe Kinder! Ich werde morgen für Euch allein den Florian spielen. Das übrige Publicum wird mich gar nichts an= gehen. Paßt aber gut auf!« Und er spielte nur für

sie, indem er, wo es nur irgend die Rolle zuließ,
immer zu ihnen in die Loge emporsah, gleichsam zu
ihnen sprach), und ihnen freundlichst zulächelte.

Therese Krones.

»Heute,« schrieb er an seinen Freund Landner,
»haben wir einen Theaterscandal zu gewärtigen. Die
Krones tritt nach einer mehrmonatlichen Pause wieder
auf. Der Leichtsinn dieser allerdings sehr talentvollen
Person hat selbe in eine gräßliche Situation ver=
wickelt. Ein reicher polnischer Cavalier sucht ihre
Bekanntschaft zu machen und läßt sich bei der
beliebten Schauspielerin einführen. Es soll dies,
wie die böse Welt behauptet, eben nicht mit
besonderen Schwierigkeiten verbunden sein. Kurz und
gut, in wenig Wochen stehen die Krones und Graf
Jaroschinsky auf so vertrautem Fuße, daß Erstere
eine Einladung zum Mittagsessen in der Wohnung
des Edelmannes annimmt. Es soll dort toll genug
zugegangen sein. Während die Orgie im vollen
Gange ist, wird der Graf abgerufen. Die Krones
setzt sich ans Klavier und trällert ein Modelied=
chen. Plötzlich öffnet sich die Seitenthüre und Graf
Jaroschinsky steht umgeben von Polizeidienern und
Kriminalbeamten, mit schweren Ketten gefesselt und
mit todtbleichem Antlitze, vor den Augen seiner ent=
setzten Gäste. Die Krones fällt in Ohnmacht, ob in
eine wirkliche oder fingirte, will ich dahingestellt sein
lassen, wird aber durch die Hände der rauhen Sicher=
heitsbeamten ins Leben zurückgerufen und muß nun
über ihr Verhältniß zu dem Grafen — der eines
Raubmordes angeklagt ist — genaue Auskunft geben.

Es sollen dabei eben nicht die erbaulichsten Details
an's Tageslicht gekommen sein. Jaroschinsky hat wirk=
lich, wie es sich bald ergab, seinen ehemaligen Lehrer,
den siebenzigjährigen ehrwürdigen Professor Blank,
mit kalter, henkersmäßiger Grausamkeit gemeuchelt
und bestohlen und mußte vor wenigen Wochen seine
fluchbeladene That am Galgen büßen. Die Krones,
hieß es damals, werde der Bühne entsagen und sich
in ein Kloster zurückziehen. Und jetzt, nachdem kaum
mehrere Monate über dies Ereigniß hingegangen, hat
die Person die Frechheit, wieder vor die Augen des
Publicums zu treten. Alles ist empört, und die Krones
wird, trotz ihrer Beliebtheit als Künstlerin, ein ge=
waltiges Strafgericht zu überstehen haben. Ich bin
gottlob in der heutigen Vorstellung nicht beschäftigt:
und geht mich gleich die ganze saubere Geschichte
persönlich nichts an, so schäme ich mich doch in tiefster
Seele hinein, daß solche Dinge beim Theater vorgehen
können. Ich kann es nicht über mich gewinnen, mich
unter die Zuschauer zu mengen, sondern ich werde
mir irgend einen Winkel auf der Bühne suchen und
die Resultate des verhängnißvollen Abends in banger
Erwartung vorübergehen lassen.«

Diesen Brief ergänzte Raimund am folgenden
Tage wie folgt:

»Die Krones ist gestern Abend mit einem Sturm
von Applaus, ohne das geringste Zeichen von Mißfallen,
empfangen worden! Ist es denkbar! Wahrlich, so sehr ich
gestern fürchtete, unsern Stand beschimpft zu sehen, so
empört war ich dennoch über den Ausgang. Ist dies das=
selbe Publicum, welches ein Recht zu haben glaubte, sich in
meine Privatverhältnisse einzumengen, und mich wüthend
auspfiff, weil ich ein Mädchen nicht heiraten wollte,
von deren Sittenlosigkeit ich mich leider während des

Brautstandes vollständig überzeugt hatte? Ich wurde des=
halb mißhandelt, und eine gemeine Buhlerin, deren Ver=
schwendung Mitursache an einem Morde gewesen, wird
mit einem Jubel empfangen, als träte sie nach einer
großen That vor die Augen der Menge! Ja, um das
Maß voll zu machen, wurden einige bezügliche Reden
— man gab eine Parodie auf Spontini's Vestalin —
besonders aber die Worte der Krones: »das dumme
Volk wird doch nicht im Ernste glauben, daß ich eine
Vestalin bin?« mit einem rasenden Beifallssturme auf=
genommen. Die Röthe der Scham brannte mir auf
der glühend heißen Wange; und die Menge jauchzte!
Und diesem Götzen, charakterlos und launisch, bringt
der Schauspieler sein Dasein, der Künstler den »Saft
seiner Nerven« zum Opfer!«

Von München her schrieb Raimund später
einmal:

»Heute habe ich einen furchtbaren Abend erlebt.
Der berühmte Eßlair spielte am Hoftheater den Tell,
eine seiner Forcerollen. Ich fliege ins Schauspielhaus,
um die Künstlergröße anzustaunen, von welcher der
Ruf so viel Günstiges erzählt. Was finde ich? Eine
Ruine! Eine Ruine, zerfallen und ohne Spur ehe=
maliger Herrlichkeit. Ein alter Mann, zahnlos, kaum
noch verständlich seine Aufgabe handwerksmäßig herab=
lallend, und das Publicum, das den einst Gefeierten
in anerkennungswerther Pietät mit einem Sturm von
Applaus empfing, im Verlaufe der Darstellung eisig
kalt lassend. Ich kann nicht beschreiben, wie schneidend
wehe mir der Anblick that. Die Erscheinung berührte
mich um so schmerzlicher, als ich erfuhr, daß nur
Geldnoth den Greis dazu trieb, seine früher errungenen
Lorbeeren selber in den Staub zu treten. Ach, welch'
ein widerlicher Anblick ist doch ein alter Komödiant!

Wird es mir einst auch so gehen? Von jetzt an will ich sparen, die Sorge für die Zukunft soll in Folge mein Cassenverwalter sein, und der heutige Tell möge ein warnend Schreckbild als Titelbild meines Ausgabe= buches stehen. Ob es nicht besser wäre, mit einem raschen Pistolenschuß diesen Sorgen zuvorzukommen, während man noch auf dem Zenith des Ruhmes steht?«

Der Regisseur.

So komisch sich die früher geschilderten Kunstbestre= bungen des künftigen berühmten Schauspielers aus= nehmen, sicherlich ist doch in ihnen ein sittlicher, künst= lerischer Ernst nicht zu verkennen. Er blieb Raimund all' sein Lebenlang eigen; so wollte er kurz vor der Aufführung des »Verschwender« das Stück zurück= ziehen und dem Director alle auf dasselbe verwendeten Ausgaben, die sehr bedeutend waren, ersetzen. Und warum? Weil derselbe eine von Raimund gewünschte, in ihrem Lichteffecte ganz unmögliche Decoration nutzlos hatte ausführen lassen. Noch bei der Generalprobe am Tage der Aufführung gab es eine fatale Scene. Der auf= tretende Jägerchor hatte schwarze Kappen auf. »Die müssen ja naturgelb sein!« rief Raimund fast in Ver= zweiflung. »Die müssen noch hergestellt werden!« Der Regisseur Fritz Demmer stellte ihm vor, daß es schon drei Uhr und bis zum Beginne der Vorstellung nicht möglich sei. »Fritz, goldener Fritz,« bat Raimund, »erweise mir den Liebesdienst, ich werde Dir ewig dankbar sein. Meine Illusion wäre gestört.« Demmer versprach dem aufgeregten Freunde, den Wunsch, wenn irgend möglich, erfüllen zu wollen. Als er nach einer halben Stunde zum Kappenmacher kam, war dieser schon

in voller Arbeit, die schwarzen Kappen in grüne um=
zuwandeln. »Die müssen ja naturgelb werden!« sagte
Demmer. »Verzeihen, Euer Gnaden!« erwiderte der
Schneider, »just war der Herr Raimund da und hat
grüne Kappen angeschafft.«

Castelli erzählte mir zwei Züge von Raimund's
ängstlicher Genauigkeit, welche seine eben angedeutete
Richtung noch mehr charakterisiren:

Der seiner Zeit berühmte Schauspieler und intime
Freund des Dichters, Korntheuer, pflegte als Geister=
könig Folgendes zu sagen: »Jetzt hab' ich die »Agnes
Bernauer« schon zwanzigmal gelesen und weiß halt
noch nicht, warum sie in's Wasser gestürzt worden ist.«
Raimund's Text aber lautete: »und weiß noch immer
nicht, warum« u. s. w. Als dies Raimund rügte,
meinte Korntheuer, daß das völlig einerlei sei. »Nein,
das ist nicht gleichgiltig. Das Wort immer verstärkt
den Spaß.« Als Korntheuer noch etwas einwenden
wollte, wurde Raimund blutroth vor Zorn und lief
mit den Worten davon: »Meinetwegen! Wenn Du
aber das Wort immer auslassest, so bleibst Du immer
ein dummer Kerl!«

Eine erste Schauspielerin kam einmal zur Probe
und strickte während der Scenen, in denen sie nicht
beschäftigt war, einen Strumpf. »Es ist mir nicht
meines Stückes wegen,« sagte Raimund zu ihr, »aber
es ist mir um Ihren Strumpf zu thun, den sie zu
Hause ruhmreicher vollenden können, als hier, wo wir
Sie fort und fort stören und Sie den Zusammenhang
Ihres Werkes verlieren!«

Im ersten Stücke Raimund's: »Der Barometer=
macher auf der Zauberinsel« hat er am Schlusse des
ersten Actes zum Zeichen des Sieges auf dem Rücken
eines sich niedersenkenden Sclaven zu stehen. Bei der

Generalprobe hatte Raimund noch vollauf anzuordnen, damit Alles klappe. Es wollte nicht recht von Statten gehen. Voll Aerger stampfte er auf den unter ihm liegenden Sclaven, als stünde er auf festem Boden. Als der zu schreien anfing, äußerte Raimund, ganz erstaunt über das Erdbeben, das ihn herabgeworfen: »Ja so! An den da unten hab' ich gar nicht mehr · gedacht. Mir ist wirklich leid!« Als er seine vorige Stellung wieder eingenommen hatte, ereignete sich das Fußstampfen noch einmal. Nach der Vorstellung beschenkte Raimund großmüthig den getretenen Statisten.

So geringfügig diese Züge sind, so charakterisiren sie doch den gewissenhaften Schauspieler und waren die vorbereitenden Studien für den künftigen Regisseur, der es nicht immer mit gebildeten Schauspielern, selten mit Künstlern zu thun hatte. Und doch, wer die poetischen Spiele unseres Dichters jemals darstellen sah, meinte durchwegs Künstler zu vernehmen. Das kam so: Raimund studirte mit Jedem, der in seinen Stücken zu spielen hatte, dessen Rolle ein. Er sprach, er spielte sie ihm vor, unermüdet, bis das richtige Wort, Mimik und Bewegung zu lebendigem Ausdrucke kam. Einer solchen Dressur mußten sich auch die ersten Schauspieler und Schauspielerinnen unterwerfen. Dazu kam eine wahrhaft Meininger'sche Sorgfalt bezüglich der Decorationen, der häufig vorkommenden Flugwerke, der Costüme, und unbarmherzig viele Proben. Es waren aber dann auch Mustervorstellungen, wie sie seit jener Zeit kaum wieder erreicht worden sind.

Der Verschwender.

Ich wohnte der ersten Vorstellung des »Ver=
schwender« bei; man war auf das Höchste gespannt.
Der erste Act wurde fast ohne Beifall aufgenommen,
und so sehr im zweiten Acte die Chargen des alten
Weibes und des Chevaliers gefielen, erst der dritte
Act mit seiner Tischlerwerkstätte entfesselte einen Beifalls=
sturm. Doch konnte man auch hören, daß Raimund
in seinem »Alpenkönig und Menschenfeind« sich als
schöpferischer Dichter weitaus größer gezeigt und alle
seine früheren Märchenspiele übertroffen habe. Ich selbst
glaube das auch noch jetzt. Raimund mochte übrigens
an jenem Abend, mit seinem feinen Gehör für Beifall,
in den sich einige verlorene Zischlaute böswillig ge=
mischt hatten, auch einen Zweifel an dem Erfolge
empfunden haben, bis ihn die mit jeder neuen Vor=
stellung gesteigerte Theilnahme vom Gegentheile über=
zeugte.

Der Germanist und nachmalige Präsident der
kaiserlichen Akademie der Wissenschaften, Theodor v.
Karajan, theilte mir seine Begegnung mit Raimund
nach der Aufführung des »Verschwender« mit, welche
die Stimmung des Dichters und sein hypochondrisches
Wesen scharf charakterisirt. »Haben Sie gehört, wie sie
gezischt haben?« rief er. Karajan erwiderte: »Vielleicht
ein oder drei Zuschauer. Was fällt Ihnen ein? Wenn
etwas geschähe, wo man Ihnen helfen müßte, so glauben
Sie gar nicht, wie viele Freunde Sie haben, die hiezu
bereit wären.« Raimund rief heftig: »O, vergiften
möchten sie mich, wenn sie könnten!« Karajan meinte:
»Könnten wir das Gespräch nicht im Trockenen fort=
setzen?« Es stöberte nämlich; Raimund zappelte vor
Kälte mit den Füßen und sagte: »O, das thut mir

wohl!« Nichtsdestoweniger traten sie auf dem Stephans=
platze in das damals bestandene Kaffeehaus Benko.
Raimund hatte einen großen schwarzen Hund bei sich,
denselben, der ihn nachmals biß und das tragische Ende
des Dichters herbeiführte. Ich glaube, er hieß »Hüon«.
Er rumorte, und als ihn Raimund zur Ruhe bringen
wollte, sprang er an ihn heran und legte die Pfoten
auf die Schultern seines Herrn. Dieser umarmte und
küßte den Hund. »Sehen Sie, der ist mein einziger
Freund!« — »So? Ich danke Ihnen!« erwiderte
Karajan scherzend. Nun konnte Raimund nicht genug
Entschuldigungen finden und wußte nicht warm
und treuherzig genug zu sein; Karajan mußte ihn
immer wieder beruhigen und versichern, daß er sich
nicht beleidigt fühle. Er war es, der den Buchhändler
Rohrmann veranlaßte, die Werke Raimund's heraus=
zugeben, und beklagte es später oft, daß weder deren
Text complet, noch im Stile verbessert sei. Raimund
hatte damals die Absicht, den »Corvo« des Gozzi für
die deutsche Bühne zu bearbeiten; doch unterließ er
es, weil er nicht wußte, wie er den Raben auf der
Bühne erscheinen lassen sollte.

Empfindlichkeiten.

Welcher Künstler ist nicht eitel? Die Weltklugen
lassen es nur nicht merken und spielen sogar nicht
selten Bescheidenheit. Eine so empfindliche Natur wie
die Raimund's horchte auf Lob und Tadel mit krank=
hafter Aengstlichkeit. Sein hypochondrisches Temperament
konnte nur seine reizbare Seelenstimmung erhöhen.
Als der Schriftsteller Braun von Braunthal in Ebers=
berg's »Zuschauer« eine schärfere, wiewohl auch aner=

kennende Kritik über den »Verschwender« drucken ließ,
rächte Raimund das von der Bühne herab mit einem
leidenschaftlichen Couplet, das selbst von seinen besten
Freunden nicht gebilligt wurde. — Eine Raimund be=
kannte Dame schrieb ihm eines Tages einige sehr verbind=
liche Zeilen, in welchen sie ihn bat, ihr zwei Sitze zum
»Mädchen aus der Feenwelt«, die so schwer zu erlangen
wären, zu procurriren. Das Billet begann mit den
Worten: »Mein lieber Raimund!« Er schien die Bitte
vergessen zu haben, und sie wandte sich an den Logen=
meister mit der gleichen Bitte. Dieser wußte nur durch
Raimund selbst Sitze zu erlangen und zeigte ihm den
Brief der Dame. Kaum hatte er einen Blick auf das
Papier geworfen, rief er zornig erregt: »So, Ihm
schreibt sie auch: Mein lieber! Ich hab' mir eingebildet,
die schreibt nur mir allein: Mein lieber! So schreibt
sie wahrscheinlich an Viele noch, an Alle, wenn sie
just mag und will.« Er besorgte zwar die Karten,
blieb aber den ganzen Tag verstimmt und ärgerlich.

Eines Tages trat Raimund in den Laden eines
Kaufmanns, um etwas zu kaufen. Dieser, hocherfreut,
erzählte ihm, wie sein Sohn für ihn schwärme und
ihn bewundere; jetzt sei er aber krank und könne das
Theater nicht besuchen. Raimund hörte theilnahmsvoll
und geschmeichelt zu. Treuherzig erzählte der Kauf=
mann weiter, wie der Arzt seinem Sohne eine Reise
in Begleitung eines heiteren Menschen angerathen habe,
und schüchtern brachte er weiter vor: »Sie, Herr
Raimund, sind so lustig. Möchten Sie nicht mit meinem
Sohne reisen? Ich will für Alles reichlich und dankbar
sorgen.« Kaum hatte der Mann ausgesprochen, ver=
wandelte sich die Freundlichkeit Raimund's, und er
schrie dem erschrockenen Manne entgegen: »So, Sie
glauben also, weil ich auf dem Theater Spaß mach'

und immer guten Humors bin, so bin ich's auch im
Leben. Ich hab' manchmal ganz lustige, verdammt
spaßige Augenblicke im Leben. Sie aber glauben, weil
ich auf dem Theater den Leuten den Narren mach',
ich soll ihn etwa außer dem Theater auch machen?«
Er stürzte der Thüre zu, sie klirrend hinter sich
zuwerfend.

Edler, wie an Braunthal, rächte er sich in
früherer Zeit bei einem anderen Anlasse und setzte
das schöne, freilich erst nach Raimund's Tode von
Friedrich Hebbel gedichtete Epigramm in Thaten um:

>Künstler, nie mit Worten, mit Thaten begegne dem Feinde,
Schleudert er Steine nach dir, mache du Statuen d'raus.«

Es war nämlich ein sonderbarer Zug, der damals
durch die literarische Gesellschaft in Wien ging, sie
wollte ihren Poeten nicht glauben, daß sie die unter
ihren Namen herausgegebenen Werke auch wirklich
verfaßt hätten. So sollte z. B. ein katholischer Pfarrer,
der es nicht wagen durfte, Romane zu schreiben, der
Pfarrer Wiesinger im Spital am Pyhrn, den Frau
Karoline Pichler in Begleitung ihres Gatten wieder=
holt besucht hatte, seine Romane dieser damals ge=
feierten Dichterin geschenkt haben, damit sie dieselben
unter ihrem Namen veröffentliche. Besonders galt das
von ihrem bedeutendsten, von Goethe glänzend aner=
kannten Romane »Agathokles«. Ein gleiches Schicksal·
widerfuhr Friedrich Halm; man behauptete, Michael
Enk von der Burg, mit dem der Dichter innig be=
freundet war, sei der Verfasser der »Griseldis« u. s. w.
Ein gleicher Zweifel tauchte bei Raimund auf. Er
schwieg, meißelte aber aus den nach ihm geschleuderten
Steinen die Gestalten seines allegorischen Märchens:
»Die gefesselte Phantasie«.

»Ich betrat eines Abends,« erzählte mir Joh. Gabr. Seidl, »das Parterre des Theaters in der Josef= stadt. Raimund lehnte an einer der Säulen. Ich grüßte ihn und bemerkte: »Heute habe ich Märchen gelesen und dabei lebhaft an Sie gedacht.« »Warum, warum?« fragte er hastig. »Sie könnten aus einem derselben ein schönes Drama bilden.« Zornig rief er: »Ich bilde nichts aus anderer Leute ihren Sachen, ich bin ganz originell!« Rief's und ließ mich, ohne zu grüßen, stehen.« —

Neue Liebe und Ehe.

Ich habe erzählt, wie das erste Liebesabenteuer Raimund's tragikomisch endete. Es warf einen trüben Schatten in sein Gemüth. Er hatte kein Glück in der Liebe. Eine schöne Collegin auf der Leopoldstädter Bühne, Fräulein Grünthal, fesselte sein Herz. Er quälte das Mädchen mit maßloser Eifersucht, so daß sie endlich ihre Liebe völlig schwinden fühlte und ihn nach einer der heftigsten Scenen weinend bat, sie zu verlassen. —

Seine Affaire mit der Tochter des Possendichters Gleich ist bekannt, ebenso, wie er am Hochzeitstage, als schon alle Gäste versammelt waren, plötzlich ver= schwand und trotz alles Suchens nicht gefunden werden konnte. Völlig unbekannt ist jedoch eine Scene, die mir der Dichter Julius von Ribics (Verfasser des witzigen Volksstückes »Finette Aschenbrödel«, das unter dem Namen seiner ihm später angetrauten Gattin, der idealschönen Schauspielerin Auguste Schreiber oft aufgeführt wurde) erzählte; sie ging in Theater= kreisen von Mund zu Mund. Raimund, der, nachdem er sich aus der Wohnung der Braut entfernte, in den Prateranen herumgeirrt war, traute sich erst gegen

Mitternacht in seine Wohnung zu gehen. Als er die nicht mehr beleuchtete Treppe emporstieg und an seine Thür gelangte, lag etwas wie eine Menschengestalt vor derselben. Er mußte darüber hinwegschreiten und zündete in seinem Zimmer rasch eine Kerze an, um zu sehen, was es sei. Da lag in weißem Hochzeits= kleide, mit Schleier und Kranz seine Braut Louise Gleich. »Ich gehöre zu Dir!« rief sie dem entsetzten Bräutigam entgegen. Mit Mühe brachte er sie wieder zu ihrem Vater. Nach einigen Tagen erfolgte dennoch die Trauung. Bevor dies jedoch geschah, mußte der allgemein geliebte Komiker, als er die Bühne betrat, einen furchtbaren Sturm über sich ergehen lassen. Er wurde moralisch gelyncht. Mitten durch das Toben und Pfeifen des Publicums hörte man die Rufe: »Abbitten!« »Dem Fräulein Satisfaction!« Als der Lärm nicht enden wollte, trat Raimund vor und sagte mit bebender Stimme: »Es ist mir oft vorgekommen, daß ich auf allgemeines Verlangen eine Rolle spielte; aber daß ich auf allgemeines Verlangen heiraten soll, ist mir neu.« Zischen, Gelächter, Toben von Neuem. Der Vorhang mußte fallen.

Natürlich steigerte diese unglückliche Ehe nur noch seine hypochondrische Stimmung; er wurde noch ein= samer als vorher. Seinem Talente stets mißtrauend, weil er nur, wie er zu sagen pflegte, das »niedere Genre« hervorzubringen im Stande war, glaubte er sich von den Wiener Dichtern verachtet und empfand es schmerzlich, daß die Wiener Gesellschaft ihn — der nur ein »G'spaßmacher« sei, wie seine Collegen im Kasperltheater — nicht in ihre Kreise ziehe. Als wir einmal gemeinschaftlich in der Familie Alexander Bau= mann's, dieses originellen Wieners, dessen »Versprechen hinter'm Herd« noch heute die Theaterbesucher erfreut, speisten, klagte Raimund wieder: zum »niedrigen Genre« verurtheilt zu sein. »Warum«, fragte Baumann, »schreiben Sie kein Stück ganz nach Ihrem Sinne und wie es Ihr Geist Sie heißt?« Er erwiderte: »Weil sie's nicht aufführen möchten, die Götter im Burgtheater. Meine Stücke werden auf allen Hofbühnen gespielt, warum nicht in Wien? Weil man mich hier verachtet. Glaub's! Bin auch nicht hoffähig. Und meinem Publicum in der Vorstadt muß ich fort und fort Concessionen machen, muß Volksscenen schreiben. Das Erhabene möchten sie auch gar nicht verstehen!« Um so mehr schmeichelte es ihm, wenn er, was seinen Collegen von den Vorstadttheatern niemals widerfuhr, doch zuweilen im Kreise der sogenannten höheren Gesellschaft eingeführt wurde. So war er mir dafür besonders dankbar, während ich es mir nur zur Ehre anrechnete, daß ich ihn in dem Salon des berühmten Orientalisten Hammer-Purgstall und dann in dem der ebenso kunstsinnigen als sentimentalen Gräfin Engel einführte, die Hormayr wegen ihres fast ununterbrochenen Gerührtseins die »wandelnde Thränenweide« nannte. Unbekannt ist mir die Beziehung Raimund's zu Adam Müller; es muß eine bedeutungsvollere gewesen sein, da Müller jeder ersten und wohl noch folgenden Vorstellung von des Dichters Bühnenspielen anwohnte. Als Müller aufgebahrt lag, erzählte dessen Diener, daß Raimund, der oft stundenlang bei seinem Herrn zu verweilen pflegte, gekommen sei, um den Todten zu sehen. Er hob den Schleier von dessen Antlitz und weinte heftig. Dann entfernte er sich, die Hände heftig zum Abschied bewegend.

Bei Caroline Pichler.

Auch hier traf ich mit Raimund zusammen. Die Dichterin hatte ihn bei einem ihr befreundeten Fräulein von Isenflamm, zu ihrem Leid nur flüchtig, kennen gelernt und wünschte ihn bei sich zu sehen. »Ohne Ceremonie!« sagte sie. »Die Herren vom silbernen Kaffeehause lieben das nicht, kommen Sie gleich zum Speisen zu uns.« Raimund war über die Einladung sehr erfreut. Wir kamen und fanden uns in einem Kreise fein gebildeter Damen und Herren, unter den Letzteren die Dichter Erzbischof Ladislaus Pyrker, Leonhard Graf Rothkirch-Panten, der Orientalist Hammer-Purgstall. Das Gespräch lenkte sich zufällig auf ein Ereigniß, das, durch die Eifersucht einer Frau herbeigeführt, die Runde durch alle Salons machte. Wenn man auch die Thatsache durchschimmern ließ, so wurde sie doch nur rücksichtsvoll sein angedeutet. Und nun denke man sich den Schreck der Frau vom Hause, welche noch die Salon-Etikette des vorigen Jahrhunderts aufrecht hielt, als Raimund, der sich bis jetzt schweigend verhalten hatte, sich plötzlich seiner eigenen Ehe erinnerte und zu erzählen anfing: »Eifersüchtig hat meine Madam' auch sein können. Mein Arm hat's g'spürt. Sie hat mich aus Eifersucht 'neinbissen. Und was war Schuld an der ganzen Ehe? Der Mondschein und 's grüne Paperl.« Ein allgemeines verlegenes Verstummen der Gesellschaft schien Raimund für erwartungsvolle Theilnahme zu halten, und er fuhr treuherzig fort: »Ich bin öfter wirklich melancholisch und in einer solchen Stimmung bin ich oft allein im Prater spazieren gegangen. Es ist mir dabei allerhand eingefallen, was später den Leuten gefallen hat. Ich geh' zurück, hab' Durst und kehr' im Wurstelprater

im Gasthause »zum Paperl« ein. Da sitzt die Louis'
mit ihrem Vater, der auch Localstücke geschrieben hat.
Der Mondschein hat sie so schön bescheint, daß sie mir
auf einmal interessant vorkommen is. Ich hab' oft mit
ihr Komödie gespielt, sie war mir immer gleichgiltig;
aber heut hat der Mondschein sie ganz verklärt. Plötzlich
bin ich verliebt in sie geworden und hab' sie bald
darauf geheiratet. No, das ist ja bekannt, wie sie mich
ausgepfiffen haben beim ersten Auftreten, weil ich
vom Traualtar ausgeblieben bin.« Ich werde nie die
Verlegenheit der älteren, die Verschämtheit der jungen
Damen vergessen.

Durch seine Anstellung am Leopoldstädter Theater
wurde Raimund gezwungen, mit seiner Gattin, auch
nachdem er sich von ihr hatte scheiden lassen, gemein=
schaftlich aufzutreten, nicht selten verliebte Scenen mit
ihr zu spielen. Sie benützte, da er sich nicht wehren
konnte, in boshaftester Weise die Gelegenheit, zwickte
ihn in den Arm, biß ihn, wenn er sie zu küssen
hatte, in die Wange und raunte ihm die entsetzlichsten
Schmähungen und Beleidigungen ins Ohr. Raimund
wurde so nervös, daß er in eine schwere Krankheit
fiel, aus der ihm der homöopathische Arzt Lichtenfels
emporhalf. Die Krankheit wurde ihm zum Heile. Aus
ihr emporgetaucht, begann er, der sich in seiner Ver=
zweiflung einem fast wüsten, schmerzbetäubenden Treiben
ergeben hatte, sein Leben an Ordnung und Sparsamkeit
zu gewöhnen. Beiden blieb er bis zu seinem Ende in
musterhafter Weise treu.

Wenn wir das traurige Schicksal, das Raimund
mit seiner Gattin erlebte, betrachten, so mahnt es an
ein eben so herbes eines anderen Mannes, mit dem
Raimund auch viele andere Aehnlichkeit hat. Ich er=
innere an einen genialen Dichter, der zugleich ein

glänzender Schauspieler war, der ebenfalls seine Lauf=
bahn in der Provinz unter den ärmlichsten Verhält=
nissen bei sogenannten »Schmieren« beginnen mußte,
bis er Ruhm und Glanz sich erwarb, dem seine
leichtsinnige Frau Armande Bégar das Leben ver=
bitterte und durch Treulosigkeit entehrte. Ich spreche
von Jean Baptiste Poquelin, der als Molière un=
sterblich ist. Der Erzbischof von Paris versagte dem
»Komödianten« das ehrliche Begräbniß. Bald hätte
Raimund, da er als Selbstmörder endete, ein gleiches
Schicksal getroffen. Nur in Einem glichen sich die
beiden Männer nicht: Molière hatte trotz des könig=
lichen Schutzes bezüglich seiner Dramen immer mit
der Censur zu kämpfen. Dagegen rühmte sich Raimund,
wenn über den geistigen Druck in Oesterreich geklagt
wurde: »Mir hat die Censur nie eine Zeile gestrichen.«
Er meinte damit vorzüglich die streng sittliche Tendenz
seiner Bühnenspiele hervorzuheben, die auch jeden
zweideutigen Ausdruck, den seine Collegen mit Vorliebe
pflegten, strenge vermied.

Censurstriche.

Trotzdem sich Raimund rühmte, daß ihm die
Censur niemals eines seiner Bühnenspiele verboten
oder gestrichen habe, was sich allerdings auf das
Ganze bezog, kam es doch einmal vor, daß einzelne
Stellen in den Dramen Raimund's gestrichen worden
sind. Er erzählte uns von zwei solchen, die ich hier
wiederholen will, weil sie zu charakteristisch für die
unsittlichen, blöden Censurverhältnisse jener Zeit sind,
und geeignet genug, die unglaublich geistesbeschränkten
Männer, die sie handhabten und die humoristisch dar=
stellende Persönlichkeit des Dichters zu illustriren.

In dem von der obersten Polizei= und Censur=
behörde zur Darstellung erlaubten Volksmärchen kam
die Stelle vor: »Mein Gott, laß' nicht den Teufel
triumphiren.« Das Wort Teufel hatte der Censor in
»Teuxel« umgewandelt. Die Stelle, wo ein Vater zu
seiner Tochter sagt: »Komm' in mein Cabinet, mein
Kind, ich habe unter vier Augen mit Dir zu sprechen,«
wurde ganz gestrichen. Raimund eilte zur Polizeistelle,
um sich um die Ursache dieser Censurstriche zu erkun=
digen. Er erlaubte sich, dem Censor gegenüber zu be=
merken, wie es lächerlich wäre, wenn der Schauspieler
mit vollem Pathos, das die übrigen Sätze erfordern,
zu declamiren hätte: »Mein Gott, laß' nicht den
»Teuxel« triumphiren.« Das Publicum wird, trotz
dem Ernst der ganzen Scene, laut auflachen. Der
Censor fragte den Dichter dazwischen redend, »ob er
ein Katholik sei?« und als dieser sich einen guten
Katholiken nannte, erwiderte der Beamte: »Da müssen
Sie auch wissen, wie es gottlos ist, den Teufel auf=
zurufen.« Raimund wagte die Gegenbemerkung, daß
es dann auch gottlos wäre, den Namen Gottes aus=
zusprechen. Da belehrte ihn der fromme Censor, daß
man Gott immer, aber den Teufel niemals anrufen
dürfe, was ein Frevel gegen die Religion sei. »Wenn
Ihnen aber,« fuhr der Mann fort, »das Wort
»Teuxel« nicht passend scheint, so lassen Sie den
Schauspieler »Mephisto« oder »Vitzliputzli« sagen.
Raimund fuhr wie in Verzweiflung sich durch die
Haare und rief mit kläglicher Stimme: »Ich höre
schon das ganze Publicum auflachen, daß das Theater
zittert, wenn die Schauspielerin mitten in der erregten
Scene mit Pathos sagen wird: »Mein Gott, laß'
nicht den Vitzliputzli triumphiren.« Der Censor erwiderte,
daß es gut sei, wenn in einer Posse viel gelacht wird,

je mehr, desto besser. Raimund, in seinem Dichterstolze
empfindlich verletzt, schrie fast: »Herr Hofrath, ich
schreibe keine Possen!« Raimund schlug vor, sagen
zu lassen: »Mein Gott, laß' nicht das Böse trium=
phiren,« was der Censor genehmigte. Schlimmer noch
erging es der anderen, oben angeführten gestrichenen
Stelle. Raimund fragte, was denn daran bedenklich
sei, wenn ein Vater mit seiner Tochter unter vier
Augen zu sprechen habe. »Gar nichts, wenn der
leibliche Vater mit seiner Tochter unter vier Augen
sprechen will. Da aber diese Scene von Schauspielern
gesprochen wird, von denen das Publicum weiß, daß
sie nicht in dem blutsverwandtschaftlichen Verhältnisse
zu einander stehen, so ist die Zweideutigkeit zu groß
und unerlaubt.« Raimund blieb sprachlos.

Die Weiber.

Eines Sommertages nach Mittag begegnete ich
Raimund in der Kärntnerstraße. Wir grüßten uns.
»Sie sehen übel aus, lieber Raimund!« begann ich.
»Was fehlt Ihnen?« Er nahm den Hut ab, fuhr
sich mit den Fingern durch die Haare und rief: »O
diese Weiber, die Weiber! Sie sind noch sehr jung.
Sie kennen sie noch nicht. Aber es bleibt nicht aus!«
Ich erwiderte scherzend: »Die Weiber? Sind die vier
in Ihrem Alpenkönig lebendig geworden?« Er sah
mich verdutzt an: »Meine vier Weiber? Ich will da
hinausziehen in mein Landhaus. Ich sag' der Toni,
no der Toni Wagner, meiner Geliebten, sie soll ein=
packen. Ich will allein sein, und wie ich nach Hauf'
komm', haben noch Drei, die Schwestern und noch
ein Anhängsel, auch einpackt, und jetzt soll ich mit

Allen hinaus. Richtig vier Weiber. Leben Sie wohl!« —

War Raimund in guter Laune, so konnte er hübsch und anschaulich erzählen. Sehr lustig war z. B. seine Schilderung einer urkomischen Scene, die sich während der Darstellung seines dramatischen Märchens »Der Diamant des Geisterkönigs« zugetragen. Der Diener Florian wird in demselben in einen Pudel verwandelt. Damit ihn der böse Geist nicht erkenne, dringt ein Rudel weißer Pudeln herein. Kleine Jungen wurden zu diesem Zwecke in Thierfelle gekleidet, und um sie zur richtigen Zeit beisammen zu haben, wurden sie in eine Requisitenkammer gesperrt. Mittlerweile brach ein heftiges Gewitter los. Das Schlagwort, auf welches hin sie auf die Bühne laufen mußten, war nicht mehr ferne. Man öffnete die Thüre, und die zehn Pudel lagen auf den Knien und beteten aus Angst vor dem Blitz und Donner ein lautes Vater unser.

Raimund war seinem religiösen Bekenntnisse nach Katholik; doch spielte er weder in seinen Volksdramen noch im Leben auf sein Bekenntniß an. Als er auf dem Todtenbette lag und nicht mehr sprechen konnte, gab er durch Zeichen zu verstehen, daß er schreiben wolle. Seine letzten Worte, die er mit unsicherer Hand niederschrieb, waren: »Gott anbeten!«

Das dem Menschen angeborene Temperament ist sein Schicksal; bei Raimund war es sein Märtyrer=thum. Von Jugend auf erregt, dem Phantastischen nachhängend und preisgegeben der gemeinen Noth des Lebens, arbeitete er fort und fort, aber ewig mit sich, mit seinem darstellenden Talente, seinen künstlerischen Leistungen unzufrieden. Er mißtraute selbst der allge= meinen begeisterten Anerkennung, wie eine gleiche nur

wenigen Poeten während ihres Lebens zu Theil ge=
worden. Früh schon wurde eine Medaille auf ihn
geprägt, seine Büste und Statuette, die ihn in jeder
seiner Rollen darstellten, von dem jung verstorbenen
genialen Bildhauer Dialer geformt, fanden in tausenden
von Exemplaren Verbreitung. Die Kritik nannte ihn
den Schiller des Wiener Volksstückes. Hier sei ange=
merkt, daß Raimund, wegen der Nebeneinanderstellung
tragischer und komischer Scenen einst mit Shakespeare
verglichen, sich deshalb dessen Werke kaufte, um neu=
gierig und allen Ernstes seine Gottähnlichkeit heraus=
zufinden. Seine unglücklichen Liebesabenteuer und die
entsetzliche Ehe verbitterten ihm den Geist, der einst so
echt humoristische Scenen geboren, und gestalteten seine
Laune zu einem wahren Galgenhumor. Auch auf ihn
paßt, was ein deutscher Dichter von sich sagte, daß
er viel Glück im Leben gehabt, aber nie glücklich
gewesen sei. Hierzu kam körperliches Leiden. Seine Leber,
in welche die altgriechischen Aerzte und Dichter den
Sitz der Leidenschaften verlegen, war krank. Er ist
pathologisch aufzufassen. Es ist unglaublich fast und
für einen Psychologen eine interessante Aufgabe zu
lösen, wie heller, klarer Verstand und komisch wirkende
Thorheit in seinem Geiste parallel liefen und kaum
zu vereinigen sind. Welch' ein Kunstverstand im Auf=
bau seiner Dramen, welches schöne Schaffen seiner
Phantasie, die niemals überschäumte oder in Unklarheit
sich verlor, welche scharfe, durch nichts getrübte Be=
obachtungsgabe, wenn er Menschen darzustellen, wenn
er als Regisseur zu ordnen und zu leiten hatte, dann
die spätere kluge Führung, die weise Sparsamkeit
seines Hauses! Und wie seltsam, befremdend stehen
alldem die oft tollen Launen, die unerträglichen
Aeußerungen seines getrübten Gemüthes, es muß ge=

sagt sein, seine Narrheiten gegenüber! Er war räthsel=
haft, dieser geniale Mensch, der fortgesetzt mit sich in
Widersprüchen und niemals glücklich gewesen ist! Ein
wirrer psychologischer Knäuel, den kein Messer eines
Anatomen auseinanderlösen wird.

Tiefer und einschneidender, unbarmherziger, wie
die oben mitgetheilten Brieffragmente, kann kaum
Jemand in seinem Innern wühlen. Die kleinen anekdoti=
schen Züge sind es zumeist, die den individuellen
Menschen charakterisiren. Der psychologisch entwickelnde
Biograph wird sie, wie der Maler die der Pallette auf=
gesetzten einzelnen Farben, nicht entbehren können. »Zur
Biographie« Raimund's sind diese Blätter über=
schrieben.

Todesnachricht.

Wir saßen, wie jeden Nachmittag, beim schwarzen
Kaffee im silbernen Kaffeehause. Da stürzte ein Frei=
herr von Natorp, der Gatte der einst berühmten, auch
von Zacharias Werner besungenen Sängerin Marianne
Sessi, verstört aussehend, herein: »Der Raimund hat
sich erschossen!« Wir fuhren entsetzt empor. Tiefste
Trauer war in unserem Kreise eingekehrt und be=
mächtigte sich auch bald in dem Maße, als die Nach=
richt bekannt wurde, der gesammten Bevölkerung
Wiens. Ich habe viele Todesfälle von bedeutenden
Menschen in Wien erlebt, eine so allgemeine Trauer
wie um Raimund nie. Die Ursache seines Selbst=
mordes, die Qualen, die der durch sieben Tage bei
vollem Bewußtsein Sterbende erdulden mußte, seine
religiöse Ergebung und Erlösung wurden allgemein
bekannt.

Das Leichenbegängniß.

Viele Herren und Frauen aus Wien und zahl=
reiches Landvolk im Festgewande waren nach Gutenstein
geeilt, um dem berühmten Dichter, dem edlen Menschen,
dem Wohlthäter der seinen Landsitz umgebenden Thal=
bewohner die letzte Ehre zu erweisen. Keine Fackeln um=
leuchteten und keine Musik umtönte den Sarg. Als aber
das rührende Lied aus dem »Alpenkönig und Menschen=
feind« von einem Trauergaste halblaut angestimmt
wurde: »So leb' denn wohl, du stilles Haus«, waren
Tausende zu Thränen gerührt und sangen es im
innersten Herzen erschüttert mit. Der berühmte
und noch unerreichte Schauspieler Ludwig Löwe
legte, als die Schollen auf den Sarg niedergerollt
waren, einen Lorbeerkranz auf das Grab und wollte
sprechen; er brach statt in Worte in heftiges Weinen
aus. Er sank in die Knie und faltete schweigend die
Hände zum Gebet.

Das Grabdenkmal.

Die geliebte Freundin und treue Begleiterin der
letzten Lebensjahre Raimund's, Antonia Wagner, ließ
ihm ein Denkmal auf seinem Grabe errichten.
Man steigt auf dem Friedhofe in Gutenstein
zehn Stufen zu einer Grabpyramide empor, in deren
Nische die von dem jung in Armuth hingeschiedenen
Bildhauer Josef Dialer, von dem auch die Büste Franz
Schubert's auf dessen Grabe herrührt, geformte, von
Ferdinand Köhler in Wien aus Bronze gegossene
Büste des Dichters steht. Sie ist umgeben von den
Symbolen der Poesie und der Ewigkeit. Die Grab=
Pyramide wurde ein Jahr nach Raimund's Tode, am

5. September 1837, feierlich enthüllt und führt fol=
gende Inschrift:

»FERDINAND RAIMUND
Dramatischer
Dichter und Schauspieler
Geb. am 1. Juni 1799
Gestorben am 5. September 1836.
Von seiner Freundin A. W.«

Es war mir gegönnt, damals einige Xenien auf
die Stufen des Denkmals niederlegen zu lassen, welche
die Werke des Dichters einfach bezeichnen und hier
als welke Blätter noch einmal gesammelt werden mögen.

Der Diamant des Geisterkönigs.
Lustig führt der Witz mit dem Scherz den fröhlichen Reigen,
   Ferne steht der Ernst, macht seine Glossen dazu.

Der Bauer als Millionär.
Blühend stand dir zur Seite der Dichtung ewige Jugend,
   Abschied nahm nicht sie, treulos bist du ihr entfloh'n!

Die gefesselte Phantasie.
Welche die Ketten haßt, die Göttin hast du gefesselt,
   Und die Entfesselte sehnt sich nach den Ketten zurück.

Alpenkönig und Menschenfeind.
Doppelgänger der Kunst, gewohnt, dich zwiefach zu lieben,
   Liebt, weil der Mime nur schied, doppelt der Dichter das
                                        Herz.

Der Verschwender.
Leicht hast du Geist und Gemüth in goldenen Schalen ver=
                                        schwendet,
   Fürchten durftest du nicht, Bettler zu werden an Geist.

Moisasur's Zauberfluch.
»Weinst du Freudenthränen, beglückt ob gespendeter Liebe,
   Schon in den Armen des Todes rettet die Liebe dich noch.«
Sähst du unseren Schmerz, du würdest sie selig vergießen,
   Und aus des Orkus Nacht stiegst du zum Lichte zurück.

Schon nach neun Jahren, am 12. Juli 1846, enthielten die von mir herausgegebenen »Sonntags= blätter« folgendes »Eingesendet«:

»Ich bitte zu melden, daß der Grabstein Raimund's in Gutenstein bedeutend der Reparatur bedarf. Der Anwurf ist losgerissen, die Ziegel grinsen überall her= vor und die oberste Steinplatte klafft, wie die Todes= wunde des Unglücklichen, auseinander. Am Boden eines Winkels fand ich einen verwelkten Imortellen= kranz.«   G. N.

»Das Denkmal,« berichtet C. v. Wurzbach im »Oesterr. Biograph. Lexikon«, »mußte im Jahre 1852 restaurirt werden. Als es im Jahre 1862 neuerdings zu sinken begann, wurde das Grab geöffnet, die Knochenreste wurden in einen neuen Sarg gelegt und die Restauration neu durchgeführt. Dies kam durch eine Sammlung unter den Mitgliedern des Carl= theaters und Wiener Kunstfreunden durch den Pächter und Director Bauer zu Stande, der von dem Guten= steiner Bürgermeister darum ersucht wurde. Im Jahre 1856 wurde ein Requiem zu Raimund's Ge= dächtniß (von wem?) gestiftet, welches alljährlich an seinem Todestage in der Kirche zu Gutenstein um 10 Uhr Vormittags abgehalten wird oder doch werden soll.«

Mir ist nicht bekannt, in welchem baulichen Zu= stande sich das Denkmal, dessen Abbildung die »Neue illustrirte Zeitung« im Juni 1884 brachte, befindet. Es wird wohl wieder zu Grunde gehen, wenn nicht der bröckelnde Sandstein dauernder durch Granit ersetzt wird.

Der Schädel.

Es verlautete bald nach der Beerdigung Raimund's, daß wohl sein Leichnam, aber ohne Schädel beigesetzt worden sei. Ein Schicksal, das der Hingeschiedene mit Josef Haydn gemein hat, der in der Esterhazy'schen Fürstengruft bis zum heutigen Tage ebenfalls ohne Schädel, der sich im anatomischen Museum in Wien befindet, begraben ist.

Die Sache machte großes Aufsehen; man erzählte, daß der k. k. Landesgerichtsarzt Anton Rollet aus Baden, welcher amtlich die Obduction der Leiche unter Assistenz noch zweier Aerzte vorzunehmen hatte, die Schädeldecke für sein phrenologisches Museum mitnahm. Er war der Erbe der Gall'schen Schädelsammlung. Er formte den Schädel in Gyps ab und fand: »das Organ der Einbildung, der Nachahmung, der Vergleichung, der Ursächlichkeit, Liebe zu Ereignissen, Beständigkeit, Billigung und Hoffnung (und was noch Alles!) mehr oder weniger entwickelt. Es war daraus zu sehen, daß Raimund ein geborener Dichter und Schauspieler war«. Die Lehre Gall's, nach welcher Rollet diesen Befund niederschrieb, ist längst schon, wie die Lavater'sche Physiognomik, von der Wissenschaft abgethan, wie sich ja auch schon zur Zeit, als sie bewundert wurde, kein Anatom ernsthaft mit ihr beschäftigt hatte.

Es verlautete später, daß Rollet, von der Behörde aufgefordert, den Schädel abzuliefern, einen anderen substituirt hätte. Ich wandte mich an den mir befreundeten Sohn Rollet's, den Dichter Hermann Rollet, von dem ich wußte, daß er als ganz junger Mensch von seinem Vater zu der Obduction Raimund's mitgenommen worden war und bei derselben mit assistirte. Er vertraute mir den über die ganze Angelegenheit von seinem Vater niedergeschriebenen Bericht an, der hier zum erstenmale seinem ganzen Inhalte nach wortgetreu mitgetheilt werden soll. Er lautet:

»Am 8. September kamen zwei Herren zu mir, deren einer sich mir als Ignaz Wagner, Bruder der Antonia Wagner, der andere als Schilling, Doctor der Medicin, vorstellte, und forderten mit Grobheiten die Schädeldecke zurück, mit dem Bedeuten, daß die Seinigen diese mit ihm begraben wollen, und im Falle ich die Zurückgabe verweigere, sie mich verklagen würden, wofür ich alle Unkosten zu tragen hätte. Ich gab diesen mir unbekannten Leuten umsoweniger die fragliche Schädeldecke, weil ich erstens ein Recht hatte, selbe zu nehmen, und zweitens nur bei höflichem Ansuchen Jemand mir Bekanntem selbe vielleicht nach der Abformung gegeben hätte. Mittags kamen die Beiden in Begleitung eines dritten Unbekannten neuerdings, in meiner Abwesenheit in's Haus und begehrten mit demselben Ungestüm von meiner Gattin die Verabfolgung der Schädeldecke, welche sie gleichfalls abwies, wie die weitere Verhandlung zeigt.

Am 13. September 1836 kam folgende Klage gegen mich an das Kreisamt:

»Löbliches k. k. Kreisamt V. U. W. W.! Bei der am 6. d. zu Pottenstein stattgefundenen Obduction des Leichnams des am 5. verstorbenen Herrn Ferdinand Raimund erlaubte sich der bürgerliche Wundarzt von Baden, Herr Anton Rollet, welcher auf sein eigenes Ansuchen mit Erlaubniß (?) des Herrn Landesgerichts-Verwalters zu Gainfahrn zu dieser Section zugelassen wurde, das Schädelgewölbe des Verblichenen heimlicher Weise zuzueignen, wie dieses die sub A im Original beifolgende Erklärung des dortigen Wundarztes Herrn

Kaibel und des Krankenwärters Georg Rauchmann bestätiget. Da Herr Rollet nun den eigens nach Baden gefahrenen Herrn Dr. Schilling und Herrn Ignaz Wagner die Auslieferung des Schädelgewölbes troß dem sub B beiliegenden Auftrag des Herrn Verwalters zu Gainfahrn wiederholt verweigerte, die Angehörigen und Erben des Verblichenen aber dieses Schädelgewölbe noch in die Gruft beizuseßen oder selbes wenigstens nur einem hiesigen Institute zu überlassen willens sind, so bittet der Unterfertigte als Bevollmächtigter der Erben: Ein löbliches Kreisamt wolle den Herrn Rollet zur allsogleichen Zurückstellung des widerrechtlich mitgenommenen Schädelgewölbes des verblichenen Herrn Raimund und zur Vergütung der in dieser Angelegenheit an Wägen, Diäten ꝛc. gehabten Unkosten von 30 fl. C. M. zu verhalten.«

Wien, am 13. September 1836.

Jos. Ritter v. Catharin,
Secretär des k. k. priv. Theaters in der Leopoldstadt.

Die Beilagen zu dieser Klage lauten:

»Daß ich Augenzeuge war, daß der Herr Wund- und Geburtsarzt Rollet zu Baden das beinerne Schädelgewölbe des am 6. September 1836 zu Pottenstein obducirten Herrn Ferdinand Raimund zu sich genommen habe, wird hiermit bestätiget.

Pottenstein, am 7. September 1836.

Dominicus Kaibel,
Wund- u. Geburtsarzt.

Georg Rauchmann, geprüfter Krankenwärter, bestätiget das oben Gesagte.«

»Die Ueberbringer dessen sagen, daß Euer Wohlgeboren die Schädelkappe vom Leichname des Herrn Raimund besitzen, und wollen selbe mitbeerdigen. Ich ersuche Sie daher, ihnen dieselbe unverzüglich zu übergeben und ihnen keine Schwierigkeiten in den Weg zu legen, da sie dieselbe durchaus haben wollen.

. Ihr ergebener Diener

G l a ß e r,
Verwalter.

Gainfahrn, den 8. September 1836.

Das Kreisamt, ohne mich darüber zu vernehmen, entschied mit Uebergehung der ersten Stelle — —!! folgendes:

$\frac{15\ 15383}{1844}$

An die Herrschaft Gutenbrunn bei Baden.

Die Herrschaft Gutenbrunn erhält den Auftrag, den Kläger durch allsogleiche, nöthigenfalls sogar zwangsweise Verhaltung des Anton Rollet, zur Rück=stellung des fraglichen Objectes klaglos zu stellen und sich binnen drei Tagen hierüber auszuweisen. Die Ver=gütungs-Ansprüche kommen auf den Rechtsweg aus=zutragen.

K. k. Kreisamt V. U. W. W.

Wien, am 13. September 1836.

S t a d l m. p.

Der Herr Verwalter von Gutenbrunn forderte nun laut h. Auftrag Raimund's Schädelgewölbe ab. Ich verweigerte aber durchaus die Herausgabe und gab am 19. September Folgendes zu Protokoll:

»Da ich die von Herrn Ritter v. Catharin gegen mich an das löbl. k. k. Kreisamt gegebene Klage ver=leumderisch, falsch und höchst beleidigend finde, so er=achte ich für nöthig, eine hohe Stelle von der Wahr=

4*

heit dieser Sache vollständig aufzuklären. Es ist nicht wahr, daß ich auf mein Ansuchen durch den Herrn Landesgerichts-Verwalter von Gainfahrn zur Section gelassen wurde, sondern auf die amtliche Aufforderung und das Ersuchsschreiben des Herrn Landesgerichts-Verwalters fuhr ich mit ihm zur Obduction, welche ich persönlich mit meinen eigenen Instrumenten an dem Selbstmörder Ferdinand Raimund landgerichtlich machte, die Notaten dictirte und den Obductionsbericht schrieb, dann selben dem Landgerichte einreichte. Auch ist es nicht wahr, daß ich mir das Schädelgewölbe heim- licher Weise zueignete, wie der verleumderische Kläger sich ausdrückt, sondern nach gepflogener Section nahm ich die abgeschnittene Schädeldecke (aus den drei oberen Schädelknochen bestehend), reinigte selbe, legte sie auf den Tisch, ersuchte Herrn Wirth um ein Packpapier, machte sie ein mit dem Bedeuten, selbe mit mir zu nehmen, weil selbe rücksichtlich der Verletzung und anderer pathologischer und phrenologischer Erscheinungen von vielem Interesse waren — daher ich selbe zur genauen Beschreibung des Obductionsberichtes und für meine Präparatensammlung mitnahm, welches ich nicht heimlich, sondern vollkommen öffentlich that, wie selbst das vom Kläger beigelegte Zeugniß vom Wundarzte Kaibel und vom Krankenwärter beweiset. Alle bei der Section noch Anwesenden haben es sehen und hören können. Es ist mir um so weniger eingefallen, so etwas heimlich zu thun, da ich durch 36 Jahre, als ich landgericht- liches Beschauen und Obductionen verrichtete, immer- hin alle vorkommenden wissenschaftlich interessanten, abnormen oder pathologischen Gebilde ohne allen An- stand zur Aufbewahrung mit mir nahm; unsoweniger könnte mir eingefallen sein, in diesem Falle eines landgerichtlich obducirten Selbstmörders als Obductionsarzt den geringsten Anstand zu finden, um dieses für meine Präparatensammlung interessante pathologisch= phrenologische Knochenstück nicht mitzunehmen. Da ich auch keine Verordnung kenne, welche dieses dem Ob= ductionsarzte verbietet (im Gegentheile ich im all= gemeinen Krankenhause zu Wien nie gehört, daß die Angehörigen der Verstorbenen, von deren Leichen Präparate genommen werden, um Erlaubniß dazu gefragt werden), um so viel weniger war bei diesem Selbstmörder Jemand darum zu fragen, da weder Gattin, Eltern, Kinder, Brüder oder Schwestern, noch ein anderer bekannter Erbe wissentlich da war, alle Anwesenden waren für mich und das Landgericht Fremde, die Meisten mir unbekannte Leute. Daß ich denen in der Klage beschriebenen zwei Herren, dem Doctoranden (nicht Doctor) Schilling und Herrn Ignaz Wagner, die mir Beide fremd und unbekannt waren, auf ihr mündliches, sehr grobes und beleidi= gendes Auffordern am 8. Morgens die Knochendecke nicht gab, war natürlich, weil ich erstens laut erst bemerkten Angaben Recht zu haben glaubte, diese zu behalten, und zweitens mir unbekannten, besonders groben und lügenhaften Leuten nie aus Gefälligkeit etwas geben werde. Als die zwei Herren Mittags des= selben Tages das Ersuchsschreiben des Herrn Ver= walters (nicht Auftrag, wie sich Herr Kläger falsch aus= drückt) zu mir brachten, war ich nicht zu Hause, sondern bei meinen Krankenbesuchen beschäftigt; meine Gattin ließ mich aufsuchen, da sie ihr Grobheiten in Menge sagten, und benachrichtigen, daß die Herren mit einer Schrift des Herrn Verwalters da sind. Es war 11½ Uhr, ich ließ ihr sagen, daß ich um 12 Uhr nach Hause kommen werde, und wenn die Herren mit mir sprechen wollen, selbe mich erwarten können. Als

ich um 12 Uhr nach Hause kam, waren sie aber schon
fort, ohne mir des Herrn Verwalters Schreiben zu
hinterlassen. Nur sagten sie, man solle mir sagen, daß
ich allsogleich die Knochendecke zu dem Apotheker durch
einen eigenen Boten auf meine Kosten nach Pottenstein
senden solle. Gleich nach meiner Ordinationsstunde,
2 Uhr, nahm ich die Knochen und fuhr zu dem Herrn
Landgerichts-Verwalter nach Gainfahrn und übergab
ihm diese, weil mich die Sache schon ärgerte, zu seiner
Disposition. Der Verwalter aber nahm selbe durchaus
nicht, sondern sagte, ich solle diese Knochen ohneweiters
für meine Sammlung behalten, es ist besser, ein in=
teressantes Präparat gut aufbewahrt zu wissen, als es
zu begraben; er habe das Ersuchsschreiben den Herren
an mich nur auf gut Glück gegeben, wenn ich es her=
geben wolle — auch sagte er, wäre es überflüssig, die
Knochen nachzusenden, da die Leiche schon begraben
wird. Ich nahm also die Knochen, welche der Herr
Landgerichts-Verwalter durchaus nicht behalten wollte,
wieder mit mir, und selbe stehen dem löblichen Kreis=
amte, wenn ich nach Beherzigung dieser gegebenen
Erklärung kein Recht auf deren Besitz habe sollte, zur
Verfügung bereit, nur bitte ich, dem Herrn Kläger
seine gegen mich geschriebenen Verleumdungen und
Beleidigungen, entehrenden Angaben strenge zu ver=
weisen.

Anton Rollet.

Beilagen.

Hochverehrter Herr v. Rollet!

Da gestern Abends der Schauspieler Ferdinand Raimund
an seiner Schußwunde gestorben und Sie ihn auf Ersuchen
seiner Freundin, Antonie Wagner, vom ersten Augenblicke an
ärztlich behandelt haben, mir auch an einer genauen und gründ=
lichen Obduction besonders gelegen ist, so ersuche ich Sie

höflichst, zur gerichtlichen Leichenbeschau, welche bis 2½ Uhr heute Nachmittags vorgenommen werden wird, zu kommen, die Sectionsinstrumente mitzunehmen und die Section selbst vorzunehmen.

Mit aller Hochachtung Ihr ergebenster Diener

Glaßer,
Verwalter.

Gainfahrn, am 6. September 1836.

Die Abschrift des obigen Obbuctionsberichtes.

Das Ersuchsschreiben der Antonie Wagner lautet:

Herrn v. Rollet in Baden!

Pottenstein, 30. August 1836.

Haben die Güte, mit gegenwärtiger Gelegenheit alliogleich mitzukommen, die Krankheit ist äußerst gefährlich.

Ergebenst

Zu Herrn v. Raimund.   Joh. Krieger m. p.

Auf dieses bekam ich 15. October 1836 durch die Herrschaft Gutenbrunn die Bekanntmachung folgenden kreisämtlichen Decrets:

15 15745
————
1891

Da das Kreisamt gesonnen ist, die von dem dortigen Wundarzte Rollet weggenommene Schädeldecke des verstorbenen Schauspielers Raimund der Direction des allgemeinen Krankenhauses zur Aufnahme derselben in das daselbst befindliche pathologische Museum abzutreten, so wird die Herrschaft angewiesen, die fragliche Schädeldecke von dem genannten Wundarzte zurück zu verlangen und diese, gehörig verwahrt, mit dem nächsten Boten anher zu senden.

Vom k. k. Kreisamte V. U. W. W.

Wien, am 13. October 1836.

Seydel.

Nach dieser so sonderbaren als ungesetzlichen Ent=
scheidung, wobei die erste Stelle ganz übergangen
wurde, sollte ich, weil man keinen Grund zur Klage
fand, eigentlich gegen den ganzen Vorgang des Kreis=
amtes recurrirt haben; allein, da ich einen reinen Gyps=
abguß genommen hatte, war mir das Original zu so
einer Plackerei nicht so viel werth, und ich schickte die
fragliche Schädeldecke mit folgendem Berichte ein:

Löbliches k. k. Kreisamt B. U. W. W.!
Nachdem mir meine löbliche Herrschaft bekannt machte,
daß selbe durch ein kreisämtliches Decret Befehl erhielt,
»die Raimund'sche Schädeldecke von mir zurück zu
verlangen,« weil das Kreisamt gesonnen ist, »die von
dem dortigen Wundarzte Rollet weggenommene Schädel=
decke des verstorbenen Schauspielers Raimund der
Direction des allgemeinen Krankenhauses zur Auf=
nahme in das daselbst befindliche pathologische
Museum abzutreten,« so findet Unterfertigter nöthig,
Folgendes zu bemerken: Erstens glaube ich, daß die
fragliche Schädeldecke, welche ich als gerichtlicher Ob=
ductionsarzt als ein für mich interessantes Präparat
öffentlich zu mir nahm (da mir selbes zu thun, kein
bekanntes Gesetz verbietet) und da mir es auch der
Landgerichts=Verwalter vollkommen zur Aufbewahrung
für meine Sammlung überließ, mein Eigenthum ge=
worden ist. Wie kann denn die Herrschaft etwas zurück=
fordern, welches nie der Herrschaft Eigenthum war?
Zweitens kann das pathologische Museum des all=
gemeinen Krankenhauses diese Schädeldecke nie brauchen
oder interessiren, weil selbe nur phrenologisch und
nicht pathologisch merkwürdig ist. Da das allgemeine
Krankenhaus nur ein rein pathologisches Museum besitzt,
so ist selbe für diese Sammlung unter allem Werth,
und ich würde es nie wagen, etwas für diese Samm=

lung so wenig Werthvolles hinzugeben. Allein für mich, da ich eine bedeutende phrenologische Sammlung besitze, ist diese Schädeldecke von hohem Werthe, ohngefähr wie ein Thaler dem Kaufmann und ein Bracteat dem Numismatiker. Nun habe ich diese interessante Schädeldecke für mein Museum getreu ab= gegossen und sende selbe gezwungen im Originale dem löblichen Kreisamte mit der Bitte ein, wenn, wie ich es ganz gewiß glaube, die Direction des allgemeinen Krankenhauses diese fragliche Schädeldecke nicht werth · findet, in ihr Museum aufzunehmen, mir selbe als mein Eigenthum für meine phrenologische Sammlung wieder gütigst zurück zu geben.

Gutenbrunn, am 17. October 1836.

Anton Rollet.

Ein Wiener Correspondent hat über diese Ge= schichte in die Augsburger »Allgemeine Zeitung« vom 20. September 1836, Nr. 264, folgenden Brief ein= rücken lassen; die enthaltenen falschen Daten sind leicht zu finden:

»Raimund's Tod wird zu einem ganz eigenthümlichen Processe Veranlassung geben. Bekanntlich ist er auf seiner kleinen ländlichen Besitzung bei Gutenstein, unweit Baden, also etwa 4 bis 5 Stunden von Wien, verschieden. Der in Baden wohnende Bezirksarzt jener Gegend unternahm die Obduction des entseelten Körpers, wobei sich ergab, daß die schwache Kugel zwar den Knochen über dem Gaumen durchschlug, sich, was merkwürdig ist, durch das Gehirn, ohne irgend eine Verletzung, einen Weg bis zur Hirnschale oder den Scheitelknochen bahnte, hier jedoch wegen Mangel 'an Kraft stecken blieb. Bei dieser genauen Beurtheilung zeigte sich nun der Schädel des Ver= storbenen in anatomischer Beziehung so außerordentlich interessant und wichtig, daß der Obducent sich nicht enthalten konnte, ihn heimlicher Weise vom Rumpfe zu trennen und zur weiteren Präparirung mit nach Hause zu nehmen. Allein die Familie,

5

welche als Universalerbe des Raimund'schen Nachlasses (seine von ihm geschiedene Gattin erhält nur ein Legat) ein näheres Interesse an seinen Verhältnissen nahm, machte noch unmittelbar vor der Beerdigung, im letzten Augenblicke des Scheidens, die nicht wenig überraschende Entdeckung jener im Eifer für die Wissenschaft unternommenen That, welche, wie man glaubt, zu weiteren Schritten führen dürfte.«

Auf diesen an das Kreisamt, 17. October 1836, eingesendeten Bericht sammt beigelegter Schädeldecke erhielt ich 11. November durch die Herrschaft den kreisämtlichen Bescheid:

15 18557
2297

Die Herrschaft Gutenbrunn hat dem Wundarzte Rollet zu bedeuten: das Kreisamt könne sich nicht be= rechtigt halten, die innegedachte Schädeldecke demselben auszufolgen; dieselbe werde daher gleichzeitig den Be= vollmächtigten der Erben übergeben, um dieselbe ihrer ausgesprochenen Absicht gemäß einem hiesigen Institute widmen zu können. Wenn übrigens Rollet einen be= sonderen Werth auf dieses Präparat legt, so dürfte es am gerathensten sein, sich in Güte an die Erben zu wenden.

Vom k. k. Kreisamte V. U. W. W.

Wien, am 5. November 1836.

Seidel m. p.

Der gesetzwidrige Gang des Kreisamtes in der ganzen Verhandlung zeigt sich zu deutlich, als daß etwas darüber zu sagen oder anders zu denken wäre, als — — — —!«

Die Schädeldecke wurde jedoch keinem öffentlichen Institute übergeben. Antonia Wagner, Raimund's alleinige Erbin, behielt die ihr heilige Reliquie, und in fortgesetzter Sorge, sie könnte ihr behördlich ab= gefordert werden, oder verloren gehen, barg sie dieselbe im Strohsacke ihres Bettes. Zwanzig Jahre lang war sie so die treue Hüterin des ihr kostbaren Schatzes. Derzeit befindet sich derselbe im Besitze des Custos der Wiener Gemeindebibliothek, Herrn Dr. Glossy, dessen pietätvoller Bemühung wir die Rettung der Original=Manuscripte des Dichters und die kritische Ausgabe der Werke desselben zu danken haben.

Inhalt.